동
경

동경

김 화 진
장편소설

문학동네

차
례

1부

여름
—한아름, 망설이는 사람

옷이 가벼워지는 계절엔 마음도 가벼워졌다. 상냥하지 않은 습도와 온도에도 여름을 좋아하는 이유는 그것 하나였다. 그런데 이렇게 말하고 나면 자꾸 했던 말을 거스르게 된다. 나 자신에게 단정짓는 말을 하기 어려운 건 이렇게 방금 한 말을 바로 뒤집곤 하기 때문이다. 여름이 좋은 이유가 하나 더 있다. 해가 길어서. 밝은 하늘을 보는 시간이 길면 시간을 덤으로 얻은 것 같아 좋았다. 퇴근길에도 지치지 않을 수 있었다. 그런 걸로 힘을 얻곤 했다. 결국 했던 말을 전부 뒤집자면, 사실 여름의 많은 것들이 좋았다. 무거운 머리카락을 한 번에 묶어 올리는 순간 시원해지는 목덜미, 갈증을 단번에 해소해주는 차가운 아메리카노, 물기를 가득 머금은 것이 한눈에 보일

만큼 기세 좋게 푸른 통통한 나뭇잎들, 초여름의 장미 덤불, 식당 유리문에 붙은 '콩국수 개시', 나는 못 입는 짧은 크롭티를 입은 멋있는 사람들, 끝없이 걸을 수 있을 것만 같은 여름휴일의 산책, 그렇게 오래 걷다 마시는 달고 시원한 냉매실차. 그런 것들 때문에 돌아오는 여름을 매번 기쁘게 맞을 수 있었다. 올해는 유독 그 기다림이 좀 길긴 했지만.

여름이 오기까지, 지난 계절 내내 나는 매일 아침 퇴사가 하고 싶었다. 무기력감에 아침에 눈뜨기가 힘들었다. 제멋대로 출근했다. 지각은 당연하고 반차며 연차를 즉흥적으로 낼 때도 많았다. 예상보다 많이 걷거나 충동적으로 술을 많이 마신 다음 날 그랬고, 초저녁부터 일찍 잠들었다가 애매한 새벽에 깨버린 날도 그랬으며, 회사에서 주최하거나 초대받은 행사에 참석하거나 야근을 한 다음 날에도 그랬다. 지각을 하게 되면 그냥 지각을 하면 될 텐데, 지각을 하게 되었다는 사실에 괴로워하다가 아예 회사를 안 나가버리는 식이었다. 그렇게 집에 혼자 누워 있으면서도 마음은 편치 않았다. 누구든 어느 시기에 아주 사소한 이유들이 뭉쳐 퇴사 욕구가 끓어오르기도 하겠지만, 내가 가장 견디기 어려운 것은 사랑하는 동료들을 실망시키고 있다는 느낌이었다. 다른 사람들은 모두 변명하지 않고 성실하게 맡은 바를 해내는 동안 나는 거의 네 살배기 아이처럼 제멋대로였는데 그런 사람을 받아줄 사람은 이제 아무도 없다는 생각이 들었다. 나 같아도 싫었다, 그런 동료는. 나는 책임감을 잃어가고 있었다.

무거운 몸을 일으켜 사무실에 도착하면 이러면 안 되지 이러면 안 되지 스스로를 타박하면서도 태연하게 늘 짓는 표정을 지으려 애쓰며, 붓을 쥐고 인형을 들고 최대한 닮게 최대한 디테일하게 그리는 일에 집중하려 했다. 그럼에도 예전만큼 애정을 쏟지 못하고 있다는, 아무에게도 들키지 않았지만 나에게는 들켰다는 생각이 언제나 뒤따랐고, 그전만큼 보람도 에너지도 없었으나 그래도 붓을 쥐었을 때는 여전히 잘해내고 싶다는 마음이 남아 늘 괴로웠다. 무슨 도둑놈 심보인지. 늘 책임감으로 나를 굴려왔는데, 언제나 인정받고 싶다는 마음에 끝까지 손에서 붓을 놓지 않았는데, 슬슬 어시스턴트에게 넘기는 부분이 늘어가는 스스로를 보며 조금씩 혐오감이 쌓여갔다. 이 일을 잘하는 게 나에게 더이상 중요하지 않구나, 확인하는 일은 생각보다 거친 날에 베인 것처럼 쓰라렸다. 스스로도 실망할 만한 짓을 하면서도 누군가가 나에게 실망했다는, 실망할 거라는 생각을 하면 심장이 조여왔다. 다른 동료보다 특히, 선배가 내 책임감 없는 행동과 붕 뜬 마음을 다 알아차리고 있을 거라는 데서 오는 자괴감이 심했다.

여름이 오기 전까지는 추워서 그랬다고 변명을 했지만 여름이 오고 나서는 그럴 수도 없었다. 나는 그냥 회사를 잘 다니지 못하고 있었다.

*

육 년 전, 나는 선배가 하는 인형 리페인팅 수업을 여러 차
례 들은 수강생이었다. 기초부터 심화까지. 기초반에서는 동
양인 한 명, 서양인 두 명을 그리는 연습을 했다. 주로 영화 속
캐릭터를 그렸는데 나는 〈엽기적인 그녀〉 속 전지현과 〈어바
웃 타임〉의 레이첼 맥아담스, 〈맘마미아〉의 아만다 사이프리
드를 골랐다. 그들의 얼굴을 보며 채색을 하고 그림을 그리고
지우고 다시 그리기를 반복했다. 그때 나는 즐거움만으로 그
작업을 했다고 생각했지만, 그건 아무래도 좀 덜 솔직한 마음
이었다. 혼자 하는 일을 찾고 싶은 마음에 수강을 시작했지만
수업을 듣다보니 선생님에게 잘 보이고 싶어 잘해내고 싶은
마음이 점점 더 커졌다. 선생님이던 선배는 나에게 항상 가장
열심히 하는 사람, 이라고 말했는데 그 평가가 좋았다. 그 평
가에 부응하며 선배가 보내는 대견하다는 눈빛 아래 살고 싶
었다. 그리고 시간이 쌓여 선생님인 선배와도 조금씩 친해지
고, 심화반 수업이 마무리되어갈 무렵 나는 선배가 차린 회사
에 첫번째 작가로 스카우트 제안을 받았다.

실제 사람과 거의 똑같은 구체 관절 인형, 혹은 애니메이션

의 등장인물을 그대로 구현한 피규어를 찾는 사람들 사이에서 우리는 나란히 인지도를 쌓아갔다. 아이돌이나 배우의 데뷔 몇 주년 기념, 마블 시리즈의 새로 떠오르는 캐릭터, 〈슬램덩크〉 극장판의 인기가 우리를 먹고살게 해주었다. 회사는 인하우스 작가들과 프리랜서 작가, 그리고 경영지원팀으로 이루어진 작은 업장이었다. 작지만 대단했다. 그건 선배가 세우고 만들어낸 것. 인하우스 작가는 월급을 받고 프리랜서 작가는 정해진 근무 시간 없이 작업량에 따라 보수를 받는 식이었는데 어느 쪽이든 작업 일정만 지켜지면 다른 부분은 크게 신경쓰지 않는 분위기였다. 그래서 근태가 엄격한 회사는 아니었지만, 규모가 작기에 동료들의 책임감과 선의와 신뢰로 굴러가는 터라 주어진 몫을 게으르게 해내면 죄책감은 더 심했다. 언제나 나만 지각하고 나만 손을 놓고 있는 것이, 보통 함께 먹는 점심도 종종 거르고 혼자 나가서 걷다 뒤늦게 들어오거나 나만 불쑥 연차를 내고 나오지 않기도 하고 마감 기간이면 발등에 불 떨어진 듯 쫓기며 작업하는 것이. 그게 큰 문제냐 하면 그렇기도 하고 아니기도 해서 애매하지만…… 분명한 건 선배 눈에는 다 보였으리라는 것. 안 보일 리 없었다. 내 죄책감은 거기에서 왔다. 그건 거의 확신에 가까웠다. 선배와 함께 일한 지 벌써 칠 년이 되어가고 있었다.

*

　선배는 유능한 사람이었다. 인형 리페인팅의 수요가 급격히 늘어나기 전부터 리페인팅 강의를 해서 먹고살았고, 그뒤에는 자신이 가르치다 가능성이 있어 보인다고 점찍어둔 수강생들과 함께 일하는 회사를 차렸다. 회사는 업계에서 입지를 굳힌 선배가 사설 특강이나 기업 강의를 하거나, 혹은 영화사나 기획사, 애니메이션 제작사 등으로 영업을 나가 계약을 해 오거나, 인스타그램이나 홈페이지 홍보를 통해 주문량을 늘리는 방식으로 운영되었다. 선배는 인스타그램에 포트폴리오용 개인 계정을 만들라고 했다. 사적으로 보이든 공적으로 보이든 상관없고 그 계정으로 의뢰받은 작업은 개인 작업으로 안배하라고 했다. 나는 SNS에 친화적이지는 않았지만 작업 과정과 결과물을 꾸준히 올렸다. 선배는 공식 계정에 쇼츠와 타임랩스 영상으로 인형이 리페인팅되는 과정을 올렸고, 게시물들은 소소하게 화제가 되어 인스타그램과 트위터에 돌아다녔다. 대단한 사람. 나는 선배를 볼 때마다 그렇게 생각했다. 저렇게 똑 부러지는 삶은 어떠려나, 상상도 되지 않았다.

　작았던 회사는 몇 년에 걸쳐 점점 안정적으로 성장해갔다. 어느새 선배를 제외하고는 내가 가장 경력이 오래된 직원이었다. 고용된 페인터들은 각자의 업무량에 따라 만족할 만한(다른 직원들의 의중을 알 수는 없지만) 월급을 받아 갔다. 회사에 작업을 의뢰하는 사람들은 대부분 자신이 좋아하는 배우나 영화 속 인물, 게임 캐릭터를 실제와 최대한 비슷한 모습으로, 양질의 마감으로 소장하고 싶어했다. 영화 속 인물을 더 리얼한 얼굴, 헤어스타일, 의상으로 간직하고 싶은 사람들은 주로 공식 굿즈로 판매되는 인형을 사서 맡겼다. 연예인이나 애니메이션 속 등장인물의 팬인 경우에는 마트에서 산 바비 인형을 맡기며 자신이 원하는 얼굴로 바꿔주길 바랐다. 그게 뭐든 우리는 인형의 원래 얼굴을 지우고 더 닮은 얼굴을 그려갔다. 가장 많이 그린 얼굴은 마블의 캡틴 아메리카와 블랙 위도우, 〈겨울왕국〉의 엘사와 안나, 뮬란과 포카혼타스였다. 〈화양연화〉의 장만옥도, 〈수어사이드 스쿼드〉의 할리퀸도 자주 보는 얼굴이었다. 작은 인형 얼굴에 가는 붓으로 눈썹이나 입매를 그릴 때면 나도 모르게 그들이 짓는 표정을 따라 하게 되었다. 대담하거나 당당하거나 결연하거나 영민한 표정. 평소에 내가 짓고 다닐 일은 별로 없는 표정들이, 어금니를 앙다문 채 집중하는 동안에는 내 얼굴에도 깃들었다. 분명히 느끼지만 나는 내 일을 좋아했다. 섬세하고 독특한 그 작업을, 뻣뻣한 목과 저린 손의 긴장을 풀면 나타나 있는 정직한 작업물들을 좋아했다. 그런데 요즘 나의 상태는 확실히 달랐다. 그런 보람을 느끼기에는 너무 나태했다.

나는 인하우스 작가인데 프리랜서 작가처럼 출퇴근했다. 그러고는 아무도 눈치를 주지 않는데 사무실에 앉아서 혼자 스트레스를 받았다. 이런 태도는 아닌데, 이렇게 다니는 건 진짜 아닌데, 하면서. 그것은 이 회사 사무실에 있기 싫다는 뜻인가? 거기까지 생각하니 조금 더 솔직한 마음을 알게 된 것 같기도 했다. 나는 회사에서 보내는 시간 자체에 흥미를 잃고 있었다. 나는 내가 회사에서 보내는 시간에 좀처럼 일에 집중하지 못한 채 무슨 생각을 하는지 알았다.

내가 회사에서 하는 작업들, 정확히는 그 작업을 하러 규칙적으로 출퇴근을 하고 작업 이외의 '회사의 시간'을 보내는 일에 점점 흥미와 에너지를 잃기 시작한 것은 사진을 찍게 되면서부터였다. 따라 그리는 것 말고 있는 그대로의 무언가를 찍고 싶어진 무렵. 이제까지 내 일에 대한 최고의 칭찬은 진짜 똑같다, 였다. 내가 그리는 인형은 실제 모델과 똑같았으면 하고 바랐으나, 언제부턴가 나는 이전의 나와 똑같고 싶지 않았다. 다른 마음이 든 순간부터, 똑같음을 포착하는 일에 점점 질리고 지쳐가고 있었다. 그러다 우연히 카메라를 얻게 되었다. 신기하게도 카메라로는 똑같은 것을 다르게 찍을 수 있었다. 나는 가방에 카메라를 품고 다르게 찍을 수 있는 대상과 빛을 찾아다녔다. 무엇을 찍을지 스스로 고민해야 한다는 점도 좋았다. 의뢰받아 그리는 일이 아닌 선택한 장면을 찍는 일. 내 관심은 온통 새로 등장한 카메라에 쏠려 있었고 그걸 다른 사람이, 특히 내내 같은 공간에서 함께 시간을 보내는 동료들이 모를 리 없었다. 나를 아끼고 관심 있게 바라보는 사람이라면 더더욱.

*

나에게 사진의 세계를 알려준 사람은 해든이었다. 멋진 사진을 찍는 사진가들을 알려준 사람도. 그전까지 나는 사진가라고는 비비언 마이어나 사울 레이터 같은 사람들밖에 몰랐고, 해든이 내 사진을 유심히 본 뒤 너는 하마다 히데아키처럼 찍을 수 있을 것 같아, 라고 했을 때에도 그게 누군지 몰랐다. 간혹 누군가에게 이끌려 사진전에 가도 나는 뭘 봐야 하는지 모르는 인간이었다. 해든은 내가 선배를 선생님이라고 부르던 시절에 함께 리페인팅 수업을 들은 친구였다. 해든은 나보다 한 살 위였지만 그냥 말을 놓으라고 했고, 말을 놓게 되었을 때에는 호칭 없이 그저 이름으로 부르라고 말했다. 첫 수업이 끝나자마자 선배에게 언니라고 불러도 돼요? 하고 물은 것도 해든이었다. 나는 함께 일을 하면서도 선생님을 선배라고 부르는 데 몇 개월이 걸리고 말을 놓는 데에는 삼사 년이 걸렸는데, 해든은 선배에게도 나에게도 훨씬 먼저 가까이 다가왔다. 나는 해든, 하고 불렀고 해든은 나를 아름, 하고 불렀다. 해든아, 아름아, 가 아니고 오로지 이름만으로. 당연히 내가 먼저 시작한 것은 아니고 해든의 방식이었다. 해든이 먼저 그렇게 부르는 걸 보고 나도 해든을 그렇게 불렀다. 해든의 방식으로. 거기엔 낯선 다정함이 있었다. 동시에 미묘한 거리감도 있었다.

나는 언제나 해든을 친구라고 말하고 싶었으나 일주일에 한 번, 리페인팅 수업에서 만나는 것 외에는 따로 만난 일이 거의 없었으므로 매번 망설였다. 친구라고 말해도 될까. 친구가 아니라면 뭐라고 말할까. 아는 사람, 같은 수업을 듣는 친구, 그렇게 계속 친구가 되기를 망설였다. 나는 해든과 멀지도 가깝지도 않았다. 다만 응원하는 사이였다. 해든이 뭘 원하는지 뭐가 되고 싶은지 구체적으로 알지는 못하지만 아무튼 잘되기를. 그때 나는 해든이 잘되면 어쩐지 나도 잘될 수 있을 것 같았다. 근거 없는 믿음, 미신 같은 믿음이었지만 나는 내가 멀리서도 해든을 지켜보며 그녀의 궤적을 따라 살고 있다고 생각했다. 나보다 훨씬 재능이 있고 자신이 가고자 하는 길을 정확하게 아는 사람. 그때 내가 아는 사람 중 가장 좋아 보였던 사람. 나는 그런 해든을 좋아했고 오래오래 알고 지내기를 기대했고 또 그래서 실망한 적이 있다.

마지막 리페인팅 수업이 끝난 저녁, 나에겐 아직 선생님이던 선배가 저녁을 산다며 데려간 이자카야에서 우리 둘에게 회사를 차린다고 말했을 때였다. 그때 나는 당연히 선배가 내가 아닌 해든을 데리고 갈 거라고 생각했다. 하지만 제안은 우리 둘 모두에게 왔고, 놀랍게도 해든은 거절했다. 나는 그제야 해든이 뭘 하는 사람인지, 뭘 하고 싶은 사람인지 알 수 있었다. 해든은 이제는 진짜, 사진을 찍을 거라고 말했다. 해든이 사진을 전공했다는 이야기도 그때 처음 들었다. 알고 지낸 지 한참이 지나서야. 해든은 더이상 사진을 찍지 못하겠다는 생각에 리페인팅 수업을 들었는데 이상하게 이 수업을 들으며 다시 사진이 찍고 싶어졌다고 말했다. 리페인팅 작업도 재밌었지만 역시 사진을 찍고 싶었다고.

나는 그 말에 이유도 모르는 채 배신감부터 들었다. 우리가 같은 것을 좋아하고 있다고 생각했는데, 같은 일을 할 거라고 생각했는데 다른 게 더 좋았다고? 그런 유치한 마음이었다. 해든이 그렇다고 말해준 적도 없는데 혼자서 그렇게 믿어놓고는. 배신감 같은 걸 느끼는 내 기분이, 내 마음이 얼토당토않은 거란 건 내가 제일 잘 알았다. 해든의 이야기를 듣고도 왜 사진을 그만 찍고 싶었는지에 대해서는 선배도 나도 묻지 않았다. 인문대도 상경대도 아닌 예술대를 나온 사람은 전공을 그대로 살려 직업으로 가지는 것보다 그러지 않는 경우가 더 흔할 테니까. 이유가 있겠지, 그렇게만 생각했었다.

나중에 꼭 잘돼서, 스튜디오 열면 초대할게.

해든은 그렇게 말하고 시원하게 웃었다. 선배가 나에게 너는? 하고 물었을 때 저는 선생님이랑 같이 하면 뭐든 좋아요, 제안해주셔서 감사해요, 라고 대답했고 그것은 나의 백 프로 진심이었으나, 단호하게 다른 길을 가겠다고 하는 해든에게 여전히 조금 서운한 상태였다. 나는 해든과 선배가 비슷한 사람들이라고 생각했다. 스스로를 잘 알고 뒤돌아보지 않고 걸어가는 사람들. 그런 둘과 달리 나만 가운데서 갈팡질팡인 사람이었다. 나는 왜 이렇게 나 자신에 대해 아는 것이 하나도 없는지 스스로에게 실망하며 돌아왔던 밤을 기억한다.

*

선배에게 수업을 들을 때 종종 함께 간식을 먹기도 했다. 그럴 때면 해든과 선배 사이에는 또다른 공통분모가 있다는 걸 알게 되었다. 둘은 나와는 가지 않는 전시회에 함께 가기도 하고, 나에게는 하지 않은 가족 이야기를 나누기도 한다. 그걸 알고 있었지만, 나와도 같이 가자거나 나에게도 말해달라고 조르지는 못했다. 언젠가 해든이 세 가지 맛 푸딩을 사와서, 수업이 끝난 뒤 셋만 남아 푸딩을 나눠먹은 날이었다. 푸딩은 달고 부드러웠다. 녹는 줄도 모르게 입안에서 녹아내렸다. 초코, 말차, 바닐라. 달고 쌉쌀하고 달고. 내가 자청해 함께 먹을 커피를 사오는 동안 선배와 해든은 둘만 아는 이야기를 하고 있었고, 그런 걸 목격할 때면 은은한 질투심이 들었다. 달고 쌉쌀하고, 그러나 결국은 달았다. 선배와 해든 사이에서 이야기를 나누는 일은 언제나 재미있었다. 어디서도 느껴보지 못한 흥미로움과 어디서도 느껴보지 못한 친밀함이 따뜻하게 차올랐다.

해든은 재밌는 질문을 잘했다.

나는 좋은 사람일지도 몰라 생각이 더 위험한 것 같아, 아님 나는 좋은 사람이어야만 해 생각이 더 위험한 것 같아?

선배는 후자를, 나는 전자를 택했다.

왜?

해든이 이유를 물었을 때, 나는 언제 어디서건 할 수만 있으면 좋은 사람으로 살아갈 수 있을 거란 자신의 가능성을 무턱대고 믿는 편이 어쩐지 더 무섭게 느껴진다고 말했다. 새로운 모임에 가게 되면 그 무리에서 자신은 좋은 사람인 편에 속한다고 여긴다거나, 막연하게 만약 결혼을 한다면 좋은 부부가 될 것이라고 상상한다거나, 아이를 낳으면 좋은 엄마가 될 수 있을 거라고 믿는다거나…… 알 수 없는 미래의 자기 모습을 저도 모르는 사이에 확신에 차서 상상하게 되는 것, 당연하게 '좋은 사람인 나'를 기본값으로 떠올리는 게 더 무섭다고. 그렇게 말하고는 제대로 대답한 게 맞나 싶어 해든에게 다시 물었다.

근데 그런 질문 맞아? 해든이 물어본 게 이거 맞아?

해든은 대답하지 않고 언니는? 하고 물었다. 선배는 반대였다.

나는 미래는 모르겠고, 지금이 중요해. 좋은 사람이어야만 한다는 건 지금 나한테 별로 중요하지가 않아. 그래서 나한텐 그 생각이 더 위험해. 꼭 어떤 사람이 되어야만 한다면, 좋은 사람 말고 정확한 사람이 되고 싶어. 근데 이거 심리 테스트야?

해든은 웃으며 고개를 저었다.

테스트는 무슨. 그냥 토크지.

뭐야.

모범생들. 두 개 중에 고르라니까 진짜 열심히 고르네.

넌 뭐가 최악인데.

나는…… 뭐가 좋은 사람이고 뭐가 좋은 사람이 아닌지 생각이 없는 게 최악이지.

객관식 아니었구나.

근데 그게 나야. 난 뭐가 좋고 뭐가 안 좋은 사람인지 잘 몰라. 아무리 생각해도 모르겠네.

그건 생각을 안 한 게 아니고 생각이 너무 많아서 그래.

그래?

그래. 그만 생각해.

사실 좋은 사람 별로 필요 없어. 좋아하는 사람이 좋아. 내가 좋아하는 사람.

해든은 좀 나쁜 게 확실한 거 같아……

농담하며 넘어갔지만 그날 밤 나는 내내 내가 해든이 좋아하는 사람일까 아닐까를 생각했다. 아주 옛날부터 나는 내게 친구가 딱 두 명만 있으면 좋겠다고 생각했다. 가운데서 단단히 팔짱을 끼고 싶었다. 그건 생각보다 아주 어려운 일이었다. 남들은 몰라도, 친구들에게 너무 쩔쩔매는 나 같은 사람에게는 '친구 되기'가 가장 어려웠다. 같은 일을 하는 동료가 아니어도 선배에게 나는 친구일까? 함께 사진 얘기를 하지 않더라도 해든에게 나는 친구일까? 나는 그런 것이 궁금했다.

아름다운 삼각형을 원하는 건 나만의 꿈일까. 언제나 삼각형을 상상하며 살아온 것 같았다. 둘은 너무 적고 넷은 너무 많으니까. 나에게 둘이 의미하는 것은 애인이었고 넷이 의미하는 것은 가족이었다. 셋은 친구였다. 나는 둘이나 넷보다 언제나 셋만을 바라왔다. 두 꼭짓점의 이름은 해든과 민아였다.

*

해든은 자신이 좋아하는 걸 분명히 알았고, 다시 한번 그쪽으로 발길을 돌렸고, 그래서 사진작가가 되었다. 성실히 시간을 쌓은 해든은 자신의 동료들과 함께 사용하는 스튜디오를 가지게 되었다. 몇몇 기자들과 작업한 뒤 신뢰를 얻었고, 매체에서 일하거나 프리랜서로 일하는 기자들은 사진 촬영이 필요할 때면 해든을 찾았다. 해든은 바쁜 와중에도 나와 연락을 했고 나의 일상을 궁금해했다. 중간중간 작업물을 보여주기도 했다. 의뢰받아 찍은 사진이 아니라 개인 작업으로 찍은 사진들을. 주로 이제는 좀처럼 보기 어려운 정성스럽고 품이 많이 드는 제사상들을 찍었다. 해든은 내가 아는 사람 중 가장 감각적이고 '힙한' 느낌이었는데, 그런 해든이 제사상을 찍는다는 사실에 조용히 놀랐던 기억이 난다.

해든…… 유교걸이었어? 하는 나의 질문에 해든은 'ㅋㅋㅋ'로만 몇 줄씩을 찍어 보냈다. 잠시 후 해든이, 근데 멋있지 않아? 하고 물어서 나는 해든이 찍은 상을 다시 봤다. 멋있다. 그렇게 대답했다. 그건 공룡이나 능선 같았다. 울긋불긋, 오래되고 거대한 상차림. 고봉밥과 고기와 산적과 과일, 소쿠리에 쌓인 나물 산. 놋그릇과 나무그릇과 그것들을 옮기는 손, 행주를 움켜쥔 손과 술병을 내려놓는 손은 모두 주름져 있었다. 멸종 전 평화로운 공룡의 삶을 엿본 것 같은 느낌이 들었고 조금 슬퍼졌다. 해든은 이런 걸 하는구나. 나는 사진을 보고 해든이 보고 싶어졌고, 사진을 본 것만으로 그런 생각이 들게 하는 해든의 일이 놀랍고 멋졌다.

그리고, 지난겨울에도 해든은 언제나처럼 나에게 먼저 연락을 해왔다. 그때부터 이미 반복되는 생활에 권태로워하던 나에게. 오랜만에 근황 이야기나 나눌 생각으로 나를 불러냈나 싶었는데, 해든은 무작정 나에게 사진 수업을 들어볼 생각이 없느냐고 물었다. 나는 나에게 내미는 손이 좋아서 순순히 그러겠다고 했다. 나에게 내미는 손, 그런 것에 나는 너무 약했다. 이유도 묻지 않고 그렇게, 하는 나에게 해든은 이유도 붙이지 않고 카메라를 건넸다.

내가 쓰던 건데, 선물이야.

그때부터 나는 해든의 카메라로 이것저것 찍어보았다. 이런저런 풍경과 앞서 걷는 해든의 모습을 찍다보면 몇 정거장을 걷는 일도 가뿐했다. 오후에 광화문에서 만나 저녁 무렵 마포대교 위에서 해가 지는 모습을 찍기도 했다. 해든과 함께 사진을 찍고 사진 수업을 듣고 늦은 저녁을 먹고 주말이면 사진전에 가는 일이 좋았다. 이렇게 좋을 줄 몰랐을 만큼 좋았다. 해든은 자신이 아는 많은 사람들을, 지인과 관계자를 막론하고 나에게 소개해주었지만, 해든 외에 같이 수업을 듣거나 함께 전시회에 갔던 다른 누군가와 가까워지는 일은 없었다. 밝게 웃고 인사를 나누고 모르는 것을 묻고 기프티콘으로 고마운 마음을 나누긴 했지만 그게 다였다.

나는 사진 수업을 들으며 처음으로 인형을 그리는 일 외의 다른 것에 사로잡혔다. 찍은 사진 중 쓸 만한 것들이 쌓이면 그것들을 튼튼한 종이에 인쇄하는 일. 내가 찍은 것들을 실재하는 것으로 남겨놓고 싶었다. 잘 찍어서가 아니라, 그저 내가 찍었기 때문에 좋았다. 좋은 평가를 듣는다면 좋겠지만 그럴 일은 없겠지…… 같은 마음으로 나는 주변의 반응에 관심을 두지 않고 내가 하고 싶은 일을 했다. 촬영만큼이나 프린트에도 꽂혀 있었다고 하면 맞으려나. 나는 마음에 드는 사진 몇 장을 골라 엽서를 제작하기 시작했다. 취미에서 그칠 줄 알았는데 어느새 물 흐르듯 사업자 등록을 하고, 스마트스토어를 개설하고, 몇몇 소품숍들에 입고 요청 메일을 쓰고 있었다. 누군가가 시키지도 않고 기대하지도 않았는데 스스로 한 일은…… 이것이 처음이자 마지막일 것 같다는 예감을 했다. 주문은 잊을 만하면 한 번씩 들어왔다. 집에는 주문 제작한 사진 엽서와 안전봉투들이 쌓였고, 주문이 들어올 때마다 엽서를 하나하나 포장해 부쳤다. 그런 일들이 재밌었다. 회사에서의 시간을 잊을 만큼.

그리고 내 소꿉놀이 같은 사진엽서들을 본 해든은, 나에게 어시스턴트 제안을 해왔다. 같이 일하고 싶다고 했다.

너는 어때? 하고 해든이 물었을 때 나는 예전처럼 금방 대답하지 못했다. 선배가 생각나서였다. 나는 내가 충성스러운 개 같다고 느꼈다. 좋아하는 일을 발견했으면서도, 그보다는 좋아하는 사람의 곁을 떠나고 싶지 않다는 마음이 더 강력하게 작동한다는 것이 신기했다. 언제부터 이런 사람이었을까, 나는. 정의로운 사람이 되고 싶었던 걸까? 배신하지 않는 사람? 그런데 무엇을? 누가 나에게 그런 건 배신이라고 말한 적이 있던가? 그럼에도 나에게는 좋아하는 사람과의 약속의 의미가 너무 컸다. 아주 옛날부터 그랬다. 해든에게 생각해볼게, 대답하고 집으로 돌아와서 캄캄한 방 침대에 누워, 어렸을 때부터 친구들이 기다린다는 생각에 마음 졸이던 나의 바보 같은 역사를 떠올렸다.

일곱 살 때는 오후 네다섯시쯤이면 유치원에 다녀오거나 학원에 다녀온 동네 친구들이 놀이터에서 모였다. 말하지 않아도 아는 정해진 룰이자 암묵적인 약속 같은 것이었다. 거기서 빠지면 무리에서 내쳐질 것 같다는 공포를, 누가 주지도 않았는데 혼자 받아버려서 나는 네시만 되면 초조해졌다. 일곱 살의 나를 사로잡은 한 문장은 놀이터에 나가야 하는데, 였다. 그날 풀어야 하는 학습지와 써야 하는 독서 기록장, 피아노 연습까지 마치면 나갈 수 있었다. 항상 네시 전, 늦어도 다섯시까지는 해치우고 나가고 싶었지만 뜻대로 되지 않는 날이 있었다. 일곱 살은 시간 분배를 잘하지 못하니까. 그날따라 수학 문제가 어렵거나, 동화책에 푹 빠지거나, 한 번 완주完奏를 하면 포도알 하나를 붙일 수 있는 피아노 연습이 마음대로 되지 않는 날이 있었다. 그날은 피아노 때문이었다. 열 개의 포도알을 붙여야 하는데, 그날따라 한 알을 붙이기도 어려웠다.

네시가 지나고 다섯시가 가까워지는데도 아직 붙이지 못한 포도알이 세 개가 남아 있었을 때, 나는 거짓으로 포도알을 붙이거나 연습을 때려치우고 후다닥 놀이터로 뛰어나갈 생각은 하지 못하고, 그저 피아노 의자에 앉아 불안함과 초조함에 엉덩이를 들썩거리며 창 너머로 점점 어두워지는 바깥을 내다보았다. 나는 뜻대로 움직여지지 않는 손가락 때문에 친구들이 있는 놀이터로 갈 수 없음에 서러워져 엉엉 울면서 남은 포도알 세 개를 붙였다. 그날 엄마가 차려준 저녁을 먹었는지 안 먹었는지는 기억나지 않는다. 아무래도 먹었겠지. 그러나 이렇게 시간이 지난 뒤에도 나는 그날의 낙심을 선명하게 기억하고 있다. 이러지도 저러지도 못한 채 손가락은 피아노에, 고개는 창밖 놀이터 쪽에 두고 뭐가 그렇게 서러워서 엉엉 울던 내 마음을. 나중에 그 슬픈 기억을 우스갯소리와 버무려 엄마에게 얘기했을 때 엄마는 답답하다는 듯 혀를 차면서 나를 놀렸다.

너 참 요령 없다. 나중에 혼나고 그냥 나가 놀지, 그게 뭐라고. 울긴 왜 울어.

그 말을 들었을 때 나는 (이미 다 커버렸는데도) 그걸 그때 말해주지 않은 엄마가 너무 밉고 원망스러웠다. 그리고 한편

으론 놀라웠다. 아니 그럼 다른 친구들은 엄마가 말해주지 않아도 그래도 된다는 걸 알고 있었단 말이야? 그런데 나는 그걸 왜 몰랐을까.

혼자 약속을 지키는 사람으로 청승을 떨었던 건 한두 번이 아니다. 내가 열 살 때 가장 좋아한 사람은 나의 사촌동생이었다. 우리는 한 살 차이가 났지만 친구처럼 지냈다. 너무 좋아했지만 우리는 너무 어려서 어른들 없이는 만날 수 없는 사이였다. 그런 사이였기에 더욱 애틋하게 여겨졌다. 사촌동생과는 설날과 여름휴가, 할머니 생신, 할아버지 제사, 그리고 추석 때 만났다. 일 년에 다섯 번 만나는 사이. 그 중간에 부모들의 결정으로 함께 민속촌에 간다거나 동물원에 가는, 덤 같은 특별한 만남이 생기면 뛸듯이 기뻤다. 헤어지는 저녁이면 돌아가고 싶지 않다고 매번 울상을 지었다. 각자의 차에 타고 난 뒤에도 창문 밖으로 몸을 반쯤 내밀고 영영 헤어지는 사람처럼 열심히 손을 흔들었다.

열한 살의 여름방학, 그러니까 내가 언제나 손꼽아 기다리던 여름휴가를 앞둔 어느 날 엄마가 이번에는 할머니 댁 대신 해외여행을 가자고 제안했다. 엄마랑 나랑 둘이서만. 이탈리아에 사는 친구가 있다고, 그 친구가 이번에 엄마를 초대했다고 했다. 나는 대번에 가기 싫다고 울었다. 어디에 있는지 무엇이 좋은지도 모르는 이탈리아보다 내가 아는 시골에서 내가 좋아하는 사촌동생과 있고 싶었다. 다짜고짜 싫다는 내게 엄마는 왜? 이탈리아가 얼마나 좋은데? 너 가면 신나서 거기 살자고 할걸? 하며 꼬드겼다. 그러나 완강하게 고개를 저으며 아영이가 기다린단 말이야, 하고 우는 나를 보고 엄마는 좀 어이없어했던 것 같다. 결국 나는 이탈리아에 가지 않았다. 엄마는 나 대신 어린 동생을 데리고 이탈리아로 갔고 나는 아빠와 할머니 댁으로 갔다.

동생은 그 일로 두고두고 나를 놀렸다. 피렌체 두오모성당이 얼마나 멋있었는지 아직까지 잊히지가 않는다며 깐죽거렸다.

언니 진짜 바보다. 그걸 왜 안 갔대? 그런 기회가 언제 온다고. 이제 가고 싶어도 쉽게 못 가잖아.

그런데 동생아, 언니는 생각이 다르다. 그렇게 대답하진 않았지만, 나는 그런 것이 아쉽지 않았다. 좋아하는 사람과 만나자고 약속했으면, 그곳에 있어야 행복하다. 일 년에 다섯 번은 꼭 보는 거야, 라고 말로 꺼내고 새끼손가락을 건 적은 없지만 나는 그걸 약속이라고 생각했다. 그러나 이제 와 생각해보면 사촌동생에게는 그렇게 중대한 약속이 아니었을지도 모르겠다. 헤어질 때 똑같이 울상이 되긴 했지만 차가 출발하고 쌩쌩 달리는 도로가 나타나면 금세 다른 풍경에 눈길이 쏠리는 게 아이들이니까. 이번 여름엔 사촌언니 못 만나, 라고 했어도 사촌동생은 조금 짜증을 부리거나 울었을지 몰라도 금세 할머니와 엄마 아빠와 함께 또다른 신나는 일을 찾았을 것이다. 서운해하지 않았을지도 모르고 서운했지만 금방 잊었을지도 모른다.

해든의 제안을 들은 밤, 이십 년도 더 지난 그때 생각이 났다.

*

그리고 내가 본 해든은 나와는 정반대의 사람. 언제든 자기가 원하는 곳으로 훌쩍훌쩍 떠나는 사람이었다. 대학생 때 해든은 해보고 싶은 것, 궁금한 것은 뭐든 했다. 이것은 해든과 사진을 찍으며 들을 수 있었던 이야기였다. 함께 인형에 채색을 할 땐 들을 수 없었던. 그날 찍은 사진을 들여다보며 사진에 대한 이야기와 사진과는 전혀 상관없는 이야기가 뒤섞인 한두 시간을 보내다보면 리페인팅 수업을 듣던 시절이 떠올랐다. 몇 년의 시간이 타원을 그리며 흘러 비슷하지만 다른 장면으로 도착한 것 같다는 느낌이 들 때면 그립고도 낯선 기분에 휩싸였다. 그리고 나는 카메라를 만지는 해든 옆에서, 해든이 알지 못하는 생각을 했다. 하마터면 듣지 못했을지도 모르는, 해든의 이런 이야기를 듣게 된 것만으로 사진 찍길 잘했다는 생각이 든다면 나는 너무 속이 없는 사람인 걸까. 해든은 무슨 생각으로 다시 나에게 뭔가를 함께 하자고 했을까.

해든은 사진을 전공하며 학교 연극반에서 연극 무대 제작에 참여하고, 이후에는 영화 현장이 궁금해 미술 스태프로 지원해 모르는 사람의 졸업 작품 찍는 일을 돕기도 하고, 사진 촬영 아르바이트는 거의 다 해본데다 동물을 만지고 싶다는 이유로 동물원에서 파트타임으로 일하기도 했다. 동물원에서는 소동물 파트에 있었고 토끼와 햄스터, 기니피그와 프레리도그를 실컷 좋아하며 일했다. 새끼 토끼가 태어나는 장면을 보았고, 엄마 토끼의 관심에서 멀어져 죽을 뻔한 토끼를 구한 적도 있었다. 정성과 관심으로 돌본 그 토끼를, 해든은 일을 그만두며 데리고 나왔다. 해든은 얼마 전 떠나보낼 때까지 그 토끼와 칠 년을 같이 살았다. 내내 사진만 배우다가 갑자기 망치질을 하고, 망치질을 하다가 소품을 구하러 다니고, 그러다가 동물원에서 새끼 토끼를 데리고 나오는 삶은 어떤 삶인지 잘 상상이 가지 않았다. 다만 내 눈앞의 해든은 언제나 자신 있어 보였고 하고자 하는 일을 해내는 사람인 것 같았다.

그런데 나는 그것이 왜 안 될까. 아직까지도. 문득문득 해든의 제안을 떠올리면 선배 생각이 났고 그러면 자연스럽게 어린 나의 바보 같던 기억들이 떠올랐다. 이번에는 어떻게 해야할까. 말하지 않아도 약속이라고 생각하는 것은 나뿐일까. 나는 선배에게 같이 일하자는 제안을 받고 내가 그 제안을 수락한 것이 그런 약속인 것 같았다. 나는 잘 붙들리는 사람이었다. 붙잡아주는 쪽에 보통 이상으로 고마움을 느끼는 사람. 그걸 저버리면 저 사람을 실망시키겠지, 하고 지레 겁먹는 사람. 어릴 때 친구들과 놀기로 한 약속에도 그렇게나 붙들리는데 하물며 다른 것은 말해 뭘 하겠나. 해든 쪽에서도 손을 내민 지금 나는 또 혼자 어쩔 줄 몰라 한다. 나는 선배도 좋고 해든 도 좋은데 어쩌지, 하고 유치한 차원에서 생각한다. 갈팡질팡 하고 초조해한다.

그러나 해든의 제안은 일곱 살의 놀이터 약속이나 열한 살 의 여름방학 약속과는 다르잖아. 어릴 때와 같은 방식으로 생 각해보자면 좋은 것을 좋아하는 쪽으로 선택하면 된다. 그러 나 이렇게 생각해도 깔끔하게 맞아떨어지지 않는다. 이를테면 선배와 일한 시간은 대체로 좋았고 선배가 좋다. 해든과 일하 게 될 시간은 좋을지 어떨지 모르지만 해든은 좋다. 사진과 리 페인팅을 비교하자면 사진이 좋았다. 사진 찍는 일에서는 기 다리는 시간이 좋았다. 빛이 다가들길 기다리는 일, 셔터 버튼 을 누르기까지 기다리는 일, 현상이 되기까지 기다리는 일. 사 진이 인화되어 나오기를 기다릴 때의 초조함은 이제껏 내가 경험한 초조함 중 가장 좋은 초조함이었다. 그런 것이 있다니, 하고 발견했을 때의 기쁨이 지금도 생생했다.

이제는 사진을 찍는 일에 몰두하고 싶었고 사진을 찍는 사 람이 되고 싶었고 사진을 찍는 사람으로 불리고 싶었는데, 그 러면서도 나는 내가 채색한 인형들의 인증 숏이 올라온 SNS

를 하루종일 뒤적였다. 내 이름을 입력해보기도 하고, 회사 이름으로 검색해보기도 하고, 온갖 해시태그로 내 작품에 대한 평가들을 찾아보았다. 처음 내 작업물에 대한 칭찬이 올라왔을 때에 비해 뿌듯함은 크지 않았고 그저 그렇구나 생각하게 되었지만, 예전보다 올라오는 게시글이 적을 때는 갈비뼈 아래 은근히 실망감이 깔리는 것도 느껴졌다. 이제 더이상 예전만큼 좋아하지 않으면서도. 내 마음에 드는 내가 되는 일은 도대체 어떤 걸까. 나는 이쪽저쪽으로 온통 내가 마음에 들지 않았다. 스스로에 대한 실망감, 스스로에 대한 짜증스러움, 불만투성이의 속마음. 그런 걸 동료들에게 들킬까봐 불안했다. 노력했지만, 당연히 그런 것들은 티가 나기 마련이다. 나도 모르게 아주 깊은 곳에 품은 어떤 마음이, 아주 오래전부터 쌓아온 어떤 태도가 지금의 우리를 만들듯이.

결정하지 못한 상태로 인해 초조해지는 날들이었다. 스스로를 위해 선택하는 일은 괴로운 것이구나. 선택받을 때보다 더. 그 어느 때보다 들썩이는 마음을 잠재우려고 애쓰다가 문득 책점 생각이 났다. 생각해보니 그것도 언젠가 해든이 알려준 것이었다. 방법은 간단했다.

자주 읽는 책이 꽂힌 책장으로 가서 눈을 감고 한 권을 골라. 고민을 떠올리며 무작위로 책을 펼쳐. 가장 먼저 눈에 들어오는 문장을 읽어. 그게 너의 운세야.

그걸 말할 때 해든은 진지했다. 나는 웃으면서 들었지만 시간이 지나도 잊히지 않고 책점 치는 방법을 말해주는 해든의 목소리가 종종 떠오르곤 했다. 그뒤로 나는 신문에서 띠별 운세를 찾아보거나, '오하아사'를 확인하거나, 수전 밀러의 월별 별자리 운세를 검색해 읽는 일과 더불어 재미삼아 혹은 꽤 진지하게 책점을 쳐보곤 했다. 마음에 드는 문장이 나오면 좋았고, 그저 그런 문장이 나오면 금세 잊었다.

별자리든 오하아사든 띠별 운세든, 미래가 궁금한 동시에 궁금하지 않아서 점괘를 확인하는 마음은 오락가락이었다. 재미로 시작했으나 운세를 확인하는 순간에는 곧 마주할 미래에 대한 답을 알고 싶은 절박한 마음이 생겨나곤 했고, 운세를 보고 나면 참고해서 살아야겠다고 생각하지만 상상했던 그 미래가 다가왔을 때에는 언제나 모조리 잊어버린 뒤였다. 그래서 그때 운세가 맞았나? 하고 대조해본 적은 한 번도 없었다.

이번에도 한번 해볼까. 복잡한 마음을 내려놓고 싶어서, 혹은 내가 원하는 것을 확인받고 싶어서 책을 펼쳐보기로 했다. 회사에서 딴생각을 잔뜩 하다가 집에 돌아와 나는 눈을 감고 책장 앞에 섰다. 손을 뻗으면 닿는 위치에 꽂힌 책들의 책등을 쓸어보다가 한 권을 뽑아 들었다. 잡힌 책은 『명상록』*이었고,

---

* 마르쿠스 아우렐리우스, 김동훈 옮김, 민음사, 2023.

부분 부분 읽었던 그 책은 어떻게 살아야 하는지 알려주는 훌륭한 자기 계발서와 그리 다르지 않아서 마침 책점을 치기에 딱이라고 생각했다. 책에 손을 얹고 떨리는 마음으로 아무 페이지나 펼쳐보았다.

51쪽. 당신에게 더 좋은 것을 단호하게, 그리고 더 자유롭게 택하여 붙드십시오.

거짓말처럼 그런 문장이 눈에 들어왔다. 실은 선택을 지지해달라는 염원으로 책을 펼치는 것에 다름없었던 나를 부추기듯. 혹시나 싶어 다른 곳도 펼쳐보았다. 어차피 내가 보고 싶은 것만 볼 것을 알았지만.

21쪽. 놀라거나 두려워하지 말고, 서두르거나 망설이거나 당황하거나 낙심하거나 화가 나서 이를 악물거나 아양을 부리며 웃지도 말 것.

나는 책을 덮었다. 이상하게…… 눈물이 날 것 같았다.

*

좋아하는 일이 생기는 것은 좋은 일 아닌가? 그런데 나는 왠지 좋아하는 일을 품게 되며 익숙했던 일상이 꼬여버린 느낌이었다. 선배를 제외하면 작업 경력이 제일 길었던 탓에 나는 팀에서 제법 미더운 역할을 맡았었는데, 이제는 내가 하던 일에서 의지와 역량의 빈틈을 후배들이 채워주고 있었다. 동료들과 대화를 나누는 시간도 줄었고 누군가가 나에게 작업에 대해 묻는 일도 줄었다. 내가 게을렀으면서, 내가 먼저 관심이 떠나 열심히 하지 않았으면서, 늘 받던 기대와 평판에서 멀어지자 나는 좋아하는 일이 나를 지탱해줄 거야, 하고 의연하리라 생각했던 것과는 달리 당황스럽고 겁이 났다.

후배들이 나에 대해 불평을 하고 그것을 모두 들은 선배가 아름씨 요즘 정신이 딴 데 가 있잖아, 손도 느려지고, 몸이 안 좋은 건지 마음이 안 좋은 건지 작업물도 안 좋고, 그게 다 티가 나잖아, 내가 한마디할게, 같은 말을 할까봐. 혹은 나에게는 차마 하지 못했으나 그들끼리는 이미 공유하고 판단이 끝났을까봐 심장이 쪼그라들고 얼굴이 붉어졌다. 그런 말을 듣게 된다면 미안하다고 말해야 할지, 더 잘하겠다고 말해야 할지 몰라 입이 붙어버렸다. 어쩌면 당연히 그 둘 다 말해야겠지. 그런데 선배가 나에게 건넨 말은 내 예상과 전혀 달랐다.

아름씨, 근무시간 조정할래? 요즘 좀 힘들어 보여서 그래.

선배의 말을 듣자 참으려고 했던 눈물이 불쑥 솟았다. 이런 상황에서도 선배는 네 행동이 다른 직원들에게 피해를 준다거나, 책임감이 없다거나 하는 말은 하나도 하지 않고 나를 위한 말만 했다. 마음에 없는 소리는 여간 못하는 선배니까 저 말은 나를 위한 진심일 것이었다. 그런 선배에게 너무 미안해서, 나는 그간의 나태함을 모두 인정하고, 미안하다고 말하고 앞으로는 안 그러겠다고, 우리의 일을 위해 좀더 최선을 다하겠다고 말하려고 했다. 그런데 정작 내가 내뱉은 말은 다짐하고 연습했던 말과는 전혀 다른 말.

있잖아 선배, 나 회사 그만두고 싶어.

선배 입장에서 얼마나 어이가 없었을지 가늠도 되지 않았다. 너무 훌륭한 선배는 천둥벌거숭이인 나를 더 못나게 만들었다. 내가 한동안 말없이 고개를 숙이고 있자 선배가 다시 나를 불렀다. 회사 밖에서, 처음 리페인팅을 가르쳐주던 선생님일 때 나를 부르던 말투로. 수업시간에 내가 아무리 어리둥절해해도 아무래도 괜찮다는 듯 말해주던 예의 그 목소리로.

아름씨.

……

요즘 해든이랑 같이 사진 찍는다며.

나는 놀라서 고개를 들었다. 하긴, 해든과 선배도 각별한 사이였다. 내가 두 사람 모두에게 좋음과 불편함을 느끼고 있었다면, 그 둘은 재능을 타고난 이들의 자유분방한 모습, 자기의 일에 확신을 가지는 모습이 닮아 있었고 그런 면에서 훨씬 말이 잘 통했다. 해든이 이야기했구나. 당연히 선배에게도 이야기했을 거라고 예상했어야 하는데 내가 바보였다. 나만 입밖으로 꺼내지 않으면 선배가 내 고민의 낱낱을 모를 거라고 생각했다. 선배는 천천히 얘기했다.

어시스턴트 제안받았다고 들었어. 해든이가 아름 사진 좋아하고 잘 찍는 거 아느냐고 물어봐서 모른다고 했지. 그때 좀 서운하기도 했어. 그런데 밤에 곰곰 생각해보니까 고민하느라 아름씨 마음에 지진이 났을 거 같더라고. 요 며칠 일하는 게 좋아 보이지도 않아서 무슨 일인가 싶었단 말이야. 내가 뭐라고 할 일이 아니라 혼자 지나가야 하는 일일 거라고 생각했는데, 그래도 말을 하는 게 우리의 시간에 더 도움되는 일 같아서 한 말이야.

그게…… 그렇게 됐어, 선배. 하던 일이나 더 잘하고 싶었는데. 나는 내가 그런 사람인 줄 알았거든. 이제 서른 살도 넘었는데, 이제야 좀 선배 손 안 빌리고 하던 일에 익숙해져서 제 몫을 해내고 있다고 생각했는데, 또다른 일이 하고 싶어져서…… 하던 일에 소홀했어. 그런 내가 좋으면서도 싫고, 어이없으면서도 괜히 심술이 나고, 나도 내가 너무 낯설고. 그게 부끄러워서 말을 못했어.

그게 뭐 잘못이라고 말을 못해. 우리 이제는 좀더 부끄러운 얘기도 해도 되지 않나?

그렇게 말하고 선배는 웃었다.

선배한테 미안해서. 나 같으면…… 입장 바꿔 생각하면 서운하고 괘씸할 것 같아서. 선배가 그런다는 게 아니라 내가.

나도 내 마음을, 말로 꺼내놓고야 알 수 있었다. 이제야 혼자 힘으로 해낸 것이 있는데, 그걸 걷어차고 또다른 곳으로 탈주하려는 마음이 스스로도 버거웠던 것이다. 뭔가를 좋아하고 또 하고 싶어하는 마음은 이렇게나 무겁구나. 그럴 수도 있구나. 그런 마음이 나를 짓눌러 아침마다 몸을 일으킬 수가 없었다. 이마저 변명 같지만. 하던 일이나 잘하지, 스스로에게 그렇게 말했고 남들도 그렇게 말할 것 같았다. 그런 나를 선배가 꿰뚫어보고 미워할 것 같았다. 아름이 성실하고 괜찮은 앤 줄 알았는데 실망이네, 하고 점점 나를 싫어하게 될까봐 겁이 났다.

그런 걸로 미움받을까 두려워하지 마. 사람들은 생각보다 널 그렇게 미워하지도, 좋아하지도 않아.

나는 그 문장을 통해 내가 원했던 것이 완벽한 오류였다는 걸 알았다. 나는 누구에게도 그렇게 미움을 사고 싶지 않았으며, 누군가만은 나를 그렇게 좋아해줬으면 하고 바랐다. 선배의 말은 나에게 큰 힘이 되었으나 언제나 그랬듯, 나는 그 말을 온전히 믿지 못하고 반만 믿었다. 나는 누군가에게 기대하고 실망하며 미워했던 적이 있었으니까. 좋아하는 사람에게는 더 그랬으니까. 나는 선배가 한 말처럼, 선배처럼 되고 싶었다. 미움받을까 두려워하지 않고 사랑해달라고 보채지 않는 사람이.

그리고 겁내지 마. 나도 영문과 나와서 그림 그리잖아.

선배는 영문학을 전공했다. 언젠가 내가 선배에게, 영문학 전공자가 인형 리페인팅을 하는 건 어떤 기분이냐고 물었을 때 선배는 머뭇거리지 않고 산뜻하게 대답했었다. 좋지. 그때 영어 공부 열심히 해서 지금 해외 주문서 잘 읽잖아. 그때 나는 선배만큼 현명한 사람이 없다고 생각했다. 선배처럼 살고 싶었다. 알 수 없이 부끄러운 마음에 얼굴이 빨개진 채로 나는 겨우 말했다.

선배, 나처럼 흠 많은 애를…… 좋아해줘서 고마워.

나는 그렇게 말하고도 선배가 누가 너 좋아한대? 라고 말할까봐 겁났다. 그 비슷한 말이라도, 농담으로라도 그런 말을 들으면 나는 당장 울어버릴지도 몰랐다. 내가 한 말은 액면 그대로 좋아해줘서 고마워, 가 아니라 날 좀 좋아해줘, 에 가까웠으므로. 그러나 선배가 뱉은 말은 내 무서운 예상과는 다른 말이었다.

너 흠 많지.

몇 개만 말해줘봐. 많이는 말고.

네 흠도 너무 잘 찾고 남의 흠도 너무 잘 찾지.

……욕하지 마.

흠을 잘 찾으니까 리페인팅도 잘했지. 그리고 흠을 잘 찾으니까, 사진도 잘 찍을 거야.

*

그리고 기나긴 면담이 있었다. 민아 선배는 테이블에 상체를 바짝 붙이고, 고개를 약간 숙인 채 내가 하는 이야기를 들었다. 내 목소리가 잘 들리지 않는다는 듯. 그럴 때면 나는 조금 긴장했다. 듣는 동안 민아 선배의 한 손은 오래도록 턱을 괴고 있었다. 턱을 짚었던 손으로 볼을 감싸기도 하고, 귀를 매만지기도 했다. 종내에는 두 손으로 깍지를 끼고 테이블 위에 올려놓았다. 피가 몰린 붉은 손끝과 하얀 손마디가 보였다. 선배는 어떤 생각을 하고 있을까.

선배는 근무시간을 줄이고 새로 하고 싶은 일을 병행할 수는 없는지 물었다.

나는 아름씨랑 일하는 게 좋으니까, 되든 안 되든 아름씨가 좀 천천히 떠나는 방식으로 조율해보고 싶어. 근데 제안은 제안이고, 잘 생각해봐. 정말 할 수 있을지.

선배가 하는 말에 눈물이 날 것 같았지만, 응응 그렇게 그렇게 할게, 하고 당장 말하고 싶었지만 겨우 참았다. 나는 고개를 저었다. 나도 선배가 좋아, 선배랑 일하는 거 좋아, 그런 말을 했다가는 울어버릴 것 같아서 다른 생각에 집중했다. 프리랜서 사진작가의 어시스턴트 일은 현실적으로 회사일과 병행이 어려웠고, 나도 어서 가서 하나라도 더 배우고 싶었다. 환경을 바꿔보고 싶기도 했다. 다른 보람을 느껴보고 싶다고, 그렇게 말하고 깨달았다.

인형을 리페인팅하는 작업에서 내게 가장 컸던 보람은 고객의 기쁜 얼굴, 진심어린 찬사보다 선배가 마지막 컨펌 때 해주는 코멘트들이었다는 것. 아주 짧은 말들. 잘했어, 아름씨 잘한다, 이번 건 특히 좋네, 하는 말들이었다는 것. 나는 그걸 이제야 인정할 수 있었다. 이제는 이 일을 하지 않는다고, 선배의 그 말을 들을 일이 없다고 상상할 때에야. 나는 되레 선배에게 물었다.

선배는 아직도 이 일이 좋아? 왜 좋아?

선배는 잠시 고민하며 펜으로 수첩에 무언가를 끄적이다가 말했다.

좋아. 그리는 인형들 표정이 대부분 당당해서. 가끔 처연할 때도 있지만, 처연해도 다 나름 존재감이 있잖아. 그걸 만들어내는 게 좋아. 알다시피 내가 존재감이 없잖아.

그렇게 말하고 선배는 웃었는데 나는 어이가 없어서 웃음도 나오지 않았다.

선배가 존재감이 없다니 무슨 말이야.

그러자 선배는 진지한 얼굴로 말했다.

인간으로서 말이야. 인간으로서 그런 게 없어서 일로 채우는 거야. 너는 사진이 왜 좋아? 왜 좋아졌어?

나는 정반대였다.

찡그리고 슬픈 표정도 다 다르게 담을 수 있어서 좋아. 그대로 담거나 담지 않을 수 있어서.

선배는 조용히, 다시 수첩에 알 수 없는 뭔가를 적으며 말했다.

역시 넌 좀 존재감이 있네.

선배와의 면담은 떨리고 미안할 줄만 알았는데, 의외로 당황스러운 면이 있었다. 나는 선배가 선배를 그렇게 생각하고 있을 줄, 그리고 선배가 나를 그렇게 생각하고 있을 줄 전혀 몰랐다. 그건 이번 여름에 내가 새롭게 알게 된 것이었다. 나는 땀이 나서 축축해진 손바닥을 반바지에 닦으며 뜨거운 얼굴을 하고 있었다. 여름의 기온 때문은 아니었다.

*

여름과 가을 사이, 해가 조금씩 짧아지는 것을 눈치채는 사람과 눈치채지 못한 사람들이 섞여 있는 계절. 선배와 나는 종종 산책하곤 하던 한강공원에서 조촐하게 둘만의 송별회를 갖기로 했다. 선배는 역시 야무지게 공원 옆 대여소에서 캠핑의자와 담요가 담긴 캐리어를 빌려 왔고, 나는 해든에게 받은 카메라를 가지고 나왔다. 우리는 캐리어를 번갈아 끌었다. 풀가를 따라 걷다가 오후의 볕이 슬며시 지나갔을 때 나는 선배에게 말했다.

거기 서봐.

늘 여러 명의 수강생 혹은 회사 사람들 앞에, 작업 과정 영상을 찍는 카메라 앞에 서는 선배가 멋쩍은 미소를 지으며 키가 큰 풀들 사이에 섰다.

좀 웃어봐.

선배는 바람에 날리는 단발머리를 정리하며 웃었다.

아우, 빨리 찍어.

나는 그 말을 듣고도 셔터를 누르지 않고 기다렸다. 선배의 입꼬리가 씰룩이다가 자리를 잡고, 입술 끝 야윈 볼에 보조개가 생길 때를 기다리고, 왼뺨에 빛이 번질 때까지 기다렸다가 셔터를 눌렀다. 한 번, 또 한 번. 그 시간 동안 변하는 선배의 모습을 본다. 동그랗게 떴다가 가늘게 웃는 눈을, 경직되었다가 풀어지는 입매를 오래오래. 익숙하고 낯선 얼굴. 고개를 숙이고 눈을 내리깔고 작은 것에 집중하던 선배의 모습은 내가 가장 많이 봤고 좋아하던 모습. 매일 보던 선배를 가장 낯설게 선배답게 담고 싶어 애쓴다. 그러면서 다시 느낀다. 가장 좋아하는 걸 담고 싶었어. 그대로 또 다르게.

사진을 찍고, 걷다가 또 사진을 찍었다. 발목이 시큰거릴 즈음에야 우리는 적당한 풀밭을 찾아 캠핑 의자를 펴고 앉았다. 맥주와 소시지를 들고서 수십 번은 더 얘기하고 웃었던 둘 사이에 쌓인 기억을 또다시 꺼내 한번 더 웃었다. 아주 작은 사무실에 둘밖에 없던 때까지 거슬러올라가서. 그때 선배는 이름이 두 글자인 가수들의 노래를 좋아했다. 작업실에 틀어두는 노래들이 공교롭게도 그랬다. 혁오. 오존. 짙은. 소란. 선배는 이름이 두 글자인 가수들을 좋아하네. 내가 말했을 때 선배는 심상하게 그러네. 대답하면서도 인형의 허벅지를 진짜처럼 칠하기 위해 집중하고 있었다. 왠지 선배의 저 고집스러운 표정을 바꾸고 싶어서 그럼 싸이도? 라고 물었을 때 선배는 붓을 내려놓고 허리까지 접고 웃어댔다. 야, 너 때문에 망칠 뻔했잖아! 하고 내 팔뚝을 찰싹 때렸는데 기분이 좋았다. 웃지 않으면 약간은 냉정한 인상으로 보이는 선배가 긴장한 얼굴을 풀고 와르르 웃을 때면 늘 내가 더 안심이 되었다.

우리는 해가 질 때까지, 담요까지 알차게 두른 채 한참 동안 그런 이야기를 했다. 눈앞에 펼쳐진 푸른 물이 검은 물이 될 때까지. 저멀리 강변 어딘가에서는 무슨 축제가 열렸는지 불꽃놀이가 한창이었으나 펑펑 터지는 소리만 들을 수 있었고, 아주 가끔씩만 키 큰 나무 꼭대기 위로 터지는 커다란 불꽃을 볼 수 있었다. 일교차가 심해 따뜻했던 볕이 사라지자 데워졌던 공기가 빠르게 식어갔다. 손이 시렸고 몸이 으슬거렸지만 오랫동안 자리를 뜨지 않았다.

*

다음날 선배와 나 둘 다 여지없이 감기에 걸렸다.

—선배, 나 오늘 쉴게. 열감기 걸린 거 같아.

그렇게 문자를 보내자 바로 답장이 왔다.

—나도야. 우리 멍청……

선배의 답장에 힘없이 웃었다. 감기에 걸린 것은 정말로 오랜만이었다. 은근하고 끈질긴 두통과 힘없이 늘어진 몸으로 하루종일 누워 있었다. 이마와 등에 땀이 배어나는 것을 느끼며 자다 깨기를 반복했다.

선잠을 잔 탓에 그날 밤엔 꿈을 꿨다. 참새인지 박새인지 아주 작은 새가, 통통하고 작은 새가 기운이 빠진 건지 어디가 아픈 건지 바닥에 떨어져 있었다. 손바닥보다 작은 그 새를 조심조심 들어올렸다. 새의 작은 날개, 작은 꼬리의 감촉이 기억난다. 손바닥에 새를 올리고 초조한 마음으로 꿈속 누군가에게 포카리스웨트를 사다달라고 부탁했다. 친절한 사람이 포카리스웨트를 가져다주었고 나는 그것을 열어 병뚜껑에 따랐다. 흘리지 않기 위해 조심했던 것이 기억난다. 작은 새는 뚜껑에 담긴 포카리스웨트를 꼴깍꼴깍 마셨다. 꿈속에서도 나는 마음이 놓였다. 안심이다, 다행이다, 그 느낌이 생생했다. 그러곤 힘을 충전한 작은 새가 날아갔나, 가느다란 다리로 내 손바닥을 딛고 날갯짓을 해서 다시 날았나, 그것은 기억이 나지 않았다. 그저 새의 작은 부리, 갈색과 흰색이 섞인 몸통과 날개와 꼬리가 기억난다. 힘내, 힘내 하고 마음속으로 새를 응원했던 것이 기억난다. 꿈에서 깬 뒤에도 포카리스웨트를 마신 새가 잘 갔을지, 그것을 잠깐 생각했다.

몇 년 전, 상담을 받기 위해 만났던 선생은 심리 상담 중에서도 정신분석을 전문으로 했고 종종 전날 혹은 전주에 꾼 꿈이 기억나는지 묻곤 했다. 내가 좀 당황하는 기색을 내비쳤던지 그는 정신분석학으로 꿈을 살피는 일은 해몽과는 다르다고 덧붙였다. 그때 나는 기억을 더듬어 담장 너머로 작은 새끼 고양이 여러 마리가 죽어서 누워 있는 것을 보며 걸었다고 대답한 적이 있는데, 그걸 들은 선생은 고양이가 정신분석학적으로 유연함을 상징한다고, 그러므로 지금 당신은 무척 경직되어 있으며 유연함을 필요로 하고 있다고 얘기해주었다. 작은 새에게 포카리스웨트를 먹이는 꿈을 꾼 뒤 나는 그때의 상담을 떠올렸다. 물어볼 수 있다면 그에게 물어보고 싶었다. 그러면 새가 나오는 꿈은요? 죽지는 않고 거의 죽기 직전의 새에게 단물을 먹이는 꿈은 지금 제가 어떤 상태라는 의미고 저는 무엇을 필요로 하고 있는 걸까요? 몹시 궁금했지만 나는 내가 군이 그에게 연락할 방법을 찾아내 꿈에 대해, 꿈속 새의 정신분석학적 의미에 대해 묻지 않을 것이라는 걸 알고 있었다.

겨우 잠기운을 털어낸 나는 해든에게 문자를 보냈다.

—어시스턴트 일 할 수 있을 것 같아. 민아 선배도 이해해줬어. 해든과 함께 일하게 되다니 기대된다. 제안해줘서 고마워.

쓰다보니 구구절절 길어져 또 나만 질척이나…… 하고 괴로워했는데 역시나, 해든의 답장은 간단하고 명료했다.

—내가 더 고마워! 아름하고 일할 수 있어서 너무 좋다!

그러고는 이모티콘을 연달아 보냈는데 귀여운 오리가 하트를 보내고 있었다. 오리가 들뜬 듯 포르르 날아오르는 이모티콘도 있었다. 나는 방금 전 꾼 꿈을 떠올렸다. 이거였나…… 예지몽이었나…… 무의미한 걸 의미 있는 양 연결 짓는 내 버릇에 헛웃음을 짓고 다시 누웠다. 손안의 새, 꿈에서 그 감촉이 어땠더라 생각하며 다음에는 새를 찍어보고 싶다는 생각을 했다.

*

일주일 후 선배는 내 사표를 수리했고, 직원 모집 공고를 올렸다. 우리는 같이 이력서와 포트폴리오를 검토하고 지원자들의 면접을 보았다. 나는 그 시간 동안, 선배와 헤어지고 싶지 않다는 생각을 가장 많이 했다. 마지막 출근 날 짐 정리를 끝내고 나오기 전 나는 참지 못하고 선배에게 물었다. 질척거리는 구 애인이 된 것 같았지만 그런 건 중요하지 않았다.

선배, 나 여기 있는 게 더 나을 거 같으면 말해줄래? 난 진짜 나를 모르겠어. 선배 의견이 중요해.

아니, 그래도 가.

선배가 너무 단호하게 대답해서, 내가 나가겠다고 했는데 이상하게 내쫓기는 기분이 들었다. 이상하지. 선배가 서운해야 할 상황 같은데 내가 더 서운해. 나는 왜 언제나 서운해할까. 내가 내린 결정에도. 남이 내린 결정에도. 헤어짐은 서운한 건가봐. 내가 말이 없자 선배는 척 하고 내 어깨 위에 팔을 둘렀다. 오래 함께한 사이지만 그런 스킨십은 거의 한 적이 없었다.

나가서 이것저것 해본 다음에, 이 언니가 얼마나 힘들었을

지 깨닫고 돌아오고 싶어지면 돌아오렴.

선배는 말했다.

근데 아름씨, 나 인형 하나만 만들어주라. 내가 언제나 아름씨 작업 칭찬했던 거 알지? 그거 다 진심이야. 나는 내 거 딱 하나 맡기면 아름씨한테 맡기고 싶어.

무슨 인형?

삐삐 롱스타킹.

삐삐 롱스타킹? 옛날 동화 그거?

나는 선배를 좋아하면서도 선배가 그런 걸 좋아하는지는 전혀 몰랐다. 선배는 민망하다는 듯 웃으며 고개를 끄덕였다.

응. 나 삐삐 롱스타킹 되게 좋아했다? 엄마는 천사고 아빠는 해적왕인데, 삐삐는 혼자 살아. 아니 원숭이랑 말이랑 같이 사는데, 집도 되게 좋고 완전 부자에 힘도 세. 자기가 좋아하는 친구들한테는 보석이고 장난감이고 막 퍼줘.

나는 삐삐 롱스타킹을 한 번도 읽어본 적이 없었다. 동화를 얘기하는 선배는 정말로 즐거워 보였다.

나는 삐삐 롱스타킹처럼 사는 게 꿈이야. 금화 쌓아놓고 좋아하는 사람들한테 선물 척척 안겨주는 사람이 되는 거.

나는 선배의 고백에 약간 고장나서, 머뭇머뭇하며 물었다.

삐삐 롱스타킹…… 머리랑 옷까지 똑같이?

응. 넌 할 수 있잖아. 너 의상학과 나왔잖아.

그 말에 나는 웃을 수밖에 없었다. 나는 그럴 때의 선배가 좋았다. 일만 하지 않을 때의 선배, 생각보다 무구하고 진지한 선배, 맞는 말을 하는데 어쩐지 헛웃음 나게 하는 선배가.

알았어.

그거 만들어주고, 넌 사진 찍으러 가.

그러면서 선배는 나에게 책 한 권을 선물했다. 파란 글씨의 제목이 보였다. 『우리가 이토록 작고 외롭지 않다면』. 선배 이런 책도 읽는구나, 새삼스러워서 손으로 표지를 쓸어보았다.

삐삐 롱스타킹 누가 썼게?

몰라.

아스트리드 린드그렌. 나 이 사람 팬이야. 린드그렌이 삐삐 롱스타킹처럼 살았을 거 같아? 반은 비슷해도 나머지 반은 아닐걸. 너무너무 힘들고 외로웠을걸. 그래도 어떤 식으로든 그걸 남기는 사람들은 대단하다고 생각해. 난 린드그렌이 아니지만 힘들 때마다 그 사람이 갔던 길을 생각해. 너도 힘들 때마다 누군가를 떠올려봐. 꽤 좋을지도 몰라. 그리고…… 이제 선배 아니니까 나도 그렇게 불러주라.

뭐라고?

선배는 조금 쑥스럽다는 듯 머뭇거리더니 그거 있잖아, 했다.

너랑 해든이랑 부르듯이.

아.

나는 그제야 고개를 끄덕였다. 어렵지 않다는 듯, 여유로운 척 굴며 웃었다.

그렇게. 아직 그 호칭 좀 낯설지만.

셋이 만나면 너희 둘이서만 서로를 그렇게 불러서, 너희 둘만 아는 얘기를 하는 것처럼 소외되는 기분이었다고 말하는 선배가 어쩐지 중학생 시절 친구처럼 느껴졌다.

불러봐봐.

선배가 먼저 해봐.

아름, 안녕. 아름, 잘 가.

응. 민아도 안녕. 또 만나.

응, 연락할게.

우리는 쑥스러워 기어들어가는 목소리로 로봇처럼 어색하게 손을 흔들었다. 그러고는 미친 사람처럼 한바탕 킬킬거리며 웃었다.

근데 좋다, 이거.

좋지?

좋은데?

좋은데 이상하다. 간질간질하다.

그런 말을 주고받으며 웃었고 웃음기어린 눈가로, 계속 손을 흔들며 사무실을 나왔다. 안녕, 민아. 연락할게. 그 말은 진심이었다. 연락해야지. 만나자고 해야지. 그리고 선배를 찍은 사진도 보여줘야지. 그전에, 손이 굳기 전에 삐삐 롱스타킹 인형도 만들어봐야지.

*

집으로 돌아가는 길에 담배를 피우려고 도로 구석에 잠깐 멈춰 섰다. 선배가 준 책이 든 가방이 묵직해서 다시 한번 꺼내봤다. 제목이 적힌 색깔과 같은 파란 가름끈이 꽂힌 부분은 8장, 장 제목은 '슬픔새와 노래새'였다. 나는 천천히 그 장을 읽어보았다. 린드그렌이 1949년에 발표한 작품의 제목이 '내가 제일 좋아하는 언니'라는 부분에서 좀 웃음이 터졌다. 이러라고 준 건 아니겠지……

그 책은 정말로 위로가 되었다. 책의 제목인 '우리가 이토록 작고 외롭지 않다면'이라는 구절이 어느 작품에서 나온 말인지도 알게 되었다. 나도 모르게 나무 아래 쪼그리고 앉아 주르륵 읽어내려갔고, 한 부분에서 멈췄다. 린드그렌이 그의 친구에게 보내는 편지 중 한 구절이었다. "너는 나뿐 아니라 그 누구에게도 그토록 온전히 헌신하면 안 돼."* 나는 그 구절을 읽

---

* 옌스 안데르센, 『우리가 이토록 작고 외롭지 않다면』, 김경희 옮김, 창비, 2020, 303쪽.

으며 이것이 선배가, 아니 민아가 나에게 주는 메시지는 아닐 거라고 여기려 노력했다. 그렇게 다음 페이지, 다음 페이지로 갔다.

8장을 거의 다 읽는 동안 시간이 어떻게 지나가는지도 몰랐다. 장이 거의 끝나갈 무렵 린드그렌이 어느 책에 썼다던 문장이 눈에 들어왔다. "어린이는 세상에서 혼자 살 수 없어요. 누군가와 함께 살아야 합니다."* 나는 선배가 내게 준 게 뭐였든 그 말만은 나의 말로 바꿔 읽기로 했다. 어른도 세상에서 혼자 살 수 없어요. 누군가와 함께 살아야 합니다. 저는 어쩔 수 없어요. 린드그렌에게 말하는지, 민아에게 혹은 해든에게 말하는지 모르게 그런 말을 속으로 중얼거리고, 그리고 일어섰다.

나뭇잎 사이로 오후의 빛이 흩어져 올려다보니 단풍나무 아래였다. 아직 단풍이 들지 않은 단풍나무. 연한 초록색의 뾰족하고 작은 잎들 사이로 하늘과 구름이 조금씩 보였다. 단풍은 아직이지만 가을은 오려는지 조각난 하늘의 파란빛이 선명했다. 나무 사이로 드문드문 보이는 하늘도 썩 괜찮았다. 인형을 그리면서는 모든 색을 물감으로 이해했다. 무슨 색에 무슨 색을 더하면 저 하늘빛에 가깝겠군, 하는 식으로. 이제는 셔터를

* 같은 책, 316쪽.

누르듯 신중하게 눈을 한 번 깜빡여보았다. 캄캄해진 눈 안에서도 아직 사라지지 않은 빛이 맴돌았다. 다시 눈을 뜨자 선명히 보이는 것들. 이것을 기억해야지, 생각했다.

가을
—최민아, 꿈이 싫은 사람

늦여름에서 가을로 넘어갈 무렵 아름과 헤어졌다. 사연 있는 것처럼 굴기 싫지만 헤어짐은 헤어짐이다. 아름에게는 그저 퇴사여도 나에게는 작별이다. 작별인사를 나눴으니 작별은 작별이다. 나는 아름이 곧 내 꿈에 나올 걸 안다. 나는 꿈이 싫다. 나는 꿈속에서도 설레고, 꿈속에서도 초조하며, 꿈속에서도 서운하다. 잡을걸 그랬나. 출퇴근도 자유롭게 하고 작업물당 보수도 더 올려준다고, 너에게만 특별히 그렇게 해주겠다고, 너니까, 그런 말로 한번 잡아볼걸 그랬나. 또 쿨한 척해버렸나. 혼자 있을 때 이런저런 생각 때문에 잠 못 들 걸 알면서 또. 나는 언제나 그랬다. 내가 누구보다 겉과 속이 다르다는 걸 내가 제일 잘 알았다.

아름이 갈팡질팡하며 잡아주길 바랐다는 걸 알면서도 모르는 척했다. 이미 간다고 했으니까. 선배, 나 그만두고 싶어, 불쑥 튀어나온 말이 무엇보다 아름의 진심인 걸 알았으니까. 알고 난 뒤 잡지 않은 건 자존심이자 체념이었다. 그런 사람을 붙잡아봐야 뭘 하나. 나도 이 일이, 내 회사가 좋단 사람이 좋지. 잡아봐야 그 이후 우린 어색해지기만 하겠지. 자존심과 체념은 내 안에 똘똘 뭉쳐 있다. 자존심과 체념이 뭉쳐 어떤 말을 뱉으면 그다음엔 반드시 쓸쓸해진다. 이 공식은 변함이 없다. 내가 삼십여 년간 해온 일이라 잘 안다. 그래도 말이나 해볼걸.

그건 엄마가 가르쳐준 말이다. 말이나 해봐. 물어보기나 해봐. 되면 좋고 아니면 마는 거잖아. 어릴 때 나는 그렇게 말하며 나를 떠미는 엄마가 싫었다. 물어보기나 하는 거 정말 하기 싫었다. 그런데 물어보지도 않으면, 아유 왜 저렇게 소심해, 하고 생각할 엄마의 마음이 싫었다. 어릴 때 나는 소심했나? 그랬을지도 모른다. 그러나 나는 그저 어디에든 아쉬운 소리를 하기 싫었다. 상대방이 말한 선을 넘어서는 부탁이나 요구를 하는 일이 부담스러웠다. 어른이 된 지금도 역시 그런 건 싫지만, 언젠가부터 나는 엄마가 가르쳐준 대로 살고 있다.

엄마에게 배운 것은 두 가지다. 두 가지 같지만 실은 한 가지인지도 모르겠다. 하나는 수치심. 나는 엄마가 나를 대하는 방식에서 수치심을 느꼈고 그것을 느끼지 않는 방식으로 살고자 애썼다. 나는 엄마가 창피함이나 수치심을 모른다고 생각했다. 자신의 기분에 따라 길거리에서 고래고래 소리를 지르며 화를 내거나 좋던 분위기도 잡치게 만드는 엄마의 들쑥날쑥한 날카로움이 나는 언제나 부끄러웠다. 엄마는 항상 나에게 미친 거 아니야? 하고 물었다. 미친 건 아닌데. 고등학생 시절 내가 남자친구와 손 잡고 걸어오는 걸 마주했을 때 엄마는 뭐하는 짓이야? 다 큰 여자애가 미친 거 아니야? 라며 소리를 질렀고, 그때 나는 남자친구의 손을 놓고는 엄마의 얼굴도 보지 않고 집 반대 방향으로 죽어라 걸어갔다. 뒤도 돌아보지 않았다. 또 한번은 내가 이제 엄마와 같이 살지 않겠다고 했을 때였다. 그때도 엄마는 내 마음을 돌리려 우는소리와 험악한 소리를 번갈아가며 끝없이 늘어놓았다. 나는 흔들렸으나 흔들리지 않았다. 엄마는 나를 달래기도 하고 윽박질러보기도 했지만 소용이 없자 결국 꺼지라는 표정으로 외쳤다. 이거 진짜 지 엄마한테, 미친 거 아니야? 나는 그 말에 마음을 더 다잡을 수 있었다. 그리고 미친 거 아니야? 같은 말은 절대 쓰지 않기로 다짐했다. 장난이 아닌 진심으로는 절대 절대로. 사람한테 저러는 거 진짜 싫다, 그 싫은 마음 밑에는 항상 수치심이 있었다.

엄마가 가르쳐준 두번째가 말이나 해봐, 하는 말이었다. 그 말 역시 나에게는 수치심을 동반했었다. 나는 부탁이나 흥정이 너무 싫고 어려웠고 그런 상황이 오면 받아내야 할 것도 포기하는 성격이었는데 엄마는 그런 내 성격을 이해하지 못했다. 엄마가 나에게 안 되느냐고 물어나 봐, 해달라고 말이나해봐, 할 때 나는 이도저도 못한 채로, 죽어도 하기 싫지만 엄마를 거스르지도 못한 채로 주눅든 얼굴로 엄마가 받아오라거나 봐달라거나 하는 것들을 물어봤고 대부분 거절당했다. 나는 그런 것들이 수치스러웠다. 부끄럽고 창피했고 거절당하고싶지 않았다. 그러나 시간이 흘러 나는 그런 사람이 되었다. 엄마 말대로 물어나 보고 말이나 해보는 사람. 나는 혼자 일을 시작하며, 그리고 시간이 흘러 회사를 차리며 수없이 물어나보고 말이나 해보는, 부탁하고 흥정하는 데 빠지지 않는 사람이 되어 있었다. 그래도 괜찮았다. 일에서는. 그런데 아름에게는잘 되지 않았지.

*

아름이 떠나도 일상은 계속되었다. 어느새 여름은 흔적도없이 사라지고 아침저녁으로 차디찬 바람이 불었다. 출근하면언제나처럼 따뜻한 물에 히비스커스 티를 우렸다. 그러면서아주 추운 날에도 아이스아메리카노를 사 들고 들어오던 아름을 생각했다. 추운 날 차가운 음료를 마시는 아름과 후배들을 볼 때마다 나도 그땐 그랬지, 나도 그랬어, 하고 다 늙은 척 농담했던 것을 떠올리면서. 그런 건 다시 생각해도 참 좋지. 나는 회사가 좋았다. 내가 조성한 공간이어서. 내가 이룬 것들이어서. 다른 동료들에 비해 내 애정이 남다르고 과하다는 건 모두 알고 있었다.

아름이 떠나고, 아주 오랜만에 나는 회사를 차리기로 결심했을 때를 떠올렸다. 작업실을 구하고 사업자 등록을 했을 때. 그때의 나는 지금의 나보다 훨씬 용감했다. 같이 해보자고 덜컥덜컥 손도 잘 내밀었고, 다른 사람의 기쁜 일도 와락와락 포옹하며 축하할 수 있었다. 지금도 그런 힘이 있나. 조금은 지친 것 같다, 지칠 만한 시간이지, 하고 수긍하면서도 썩 유쾌한 기분은 아니었다. 아름도 지쳤겠지. 지쳐서 떠났겠지. 그리고 떠나면서 다시 번쩍 힘이 났을 것이다. 나는 그 느낌을 안다. 내가 그랬으니까. 직업을 바꾸게 되는 때, 그런 때는 살면서 몇 번 없고, 익숙했던 것과 작별하고 새로운 것과 인사하며 다시 살아 있음을 느끼니까. 거기에 그 직업을 좋아하게 된다면, 없던 용기까지 생긴다. 새로워질 수 있을 것 같은 용기가.

그리고 그때를 생각하면 자연스럽게 내가 떠나온 집과 그 집에 남은 엄마가 떠오른다. 나는 그때 완전히 혼자가 될 마음으로, 그 용기로 엄마를 떠났다. 엄마에게 다시는 돌아가지 않겠다는 각오로 엄마와 헤어졌다. 엄마와 헤어지고, 아름과 해든을 만났으니…… 아름도 곧 새로운 누군가를 만나게 되겠지. 그 사람을 나보다 좋아하게 될까. 벌써부터 질투가 났다. 그럴지도 모르지. 그럴 확률이 크지. 아름은 좋은 사람이니까. 그러나…… 아주 가끔 내가 그리울 것이다. 나와 헤어진 것이 살갗이 찢어진 걸 뒤늦게 확인하는 일처럼 문득 따끔따끔할 것이다. 내가 그랬으니까. 엄마와 헤어진 후에 말이다. 엄마는 끝까지 악다구니를 쓰며, 충간 소음이 부끄러운 줄도 모르고, 내가 독립하는 것을 뜯어말렸다. 막말도 제법 해댔다.

이 헛똑똑아, 세상이 니가 원하는 대로 굴러갈 줄 알아? 골방에 처박혀서 대학도 제때 졸업 못한 게 퍽이나 사업을 하겠다. 남들처럼 얌전히 착실히 살 생각 좀 해, 엄마 생각 좀 해. 엄마가 언제까지 이 나이일 거 같니? 엄마 늙었어. 힘없어. 제발 속 좀 썩이지 마. 걱정하게 좀 하지 마. 그깟 꿈이 뭐라고 그 나이 먹고 정신을 못 차려. 엄마 죽는 꼴 볼래?

왜 엄마들은 항상 엄마 죽는 꼴 볼래? 같은 걸 물어볼까? 죽는 꼴을 보고 싶은 사람이 어디 있다고…… 나는 로봇처럼 엄마들의 말버릇을 곱씹었다. 엄마는 나를 붙잡으려고 그렇게 말했으나, 연약하고 어리숙한 내가 걱정되고 걱정되어 곁에서 보살피고 싶다는 말의 다른 표현이었으나, 나는 엄마의 그 말 때문에 깊이 상처 입었고 덕분에 힘들이지 않고 엄마를 떠날 수 있었다. 다시는 보지 말아야지, 하는 각오도 할 수 있었다.

엄마, 다 엄마 덕분이야. 회사를 굴리기 위해 이리저리 리페인팅 수업을 뛰고 작업실에서는 유튜브에 올릴 영상을 촬영하고 편집하는 데 지쳐서 다 팽개치고 울고 싶어질 때도 엄마 덕분에 그만두지 않을 수 있었다. 실패해서 집에 기어들어가는 꼴은 못 보여줘. 그건 내 발악이고 자존심이었다. 엄마에게 똑똑히 말해줘야 했다. 엄마, 이거 꿈 아니야. 엄마한테서 도망치려고 엄마처럼 살지 않으려고 붙잡은 동아줄이야.

한동안 엄마와 나는 서로에게 잔인했다. 그렇게 구는 법밖에 몰라서 그랬던 것 같다. 나의 비정하고 박정한 면은 모두 엄마에게서 왔다고, 꽤 오래 생각해왔다.

엄마와 나는 화해하는 방식도 이상했다. 모든 엄마와 딸이 조금쯤 이상한 건지는 모르겠지만. 미안하다는 말 없이 화해했고 서로에게 죽일 듯 퍼붓던 심한 말을 잊었다. 사업자 등록을 한 지 얼마 지나지 않아 코로나바이러스가 돌기 시작했다. 감염과 마스크와 거리 두기와 비대면으로 흉흉하던 몇 년은 리페인팅 사업에 악재가 되기도 하고 호재가 되기도 했다. 수입 경로가 줄어들어 자재를 구하는 데는 힘들었지만 그전보다 수집 같은 취미에 대한 사람들의 관심이 높아져 유튜브 수익과 주문량은 모두 점차 올라갔다. 회사를 알리려고 시작한 유튜브 채널이 알고리즘의 선택을 받아 꽤 화제가 된 뒤에 나는 조금 살 만해졌다. 다른 유튜브 채널에서 출연 제안도 왔고 지면 인터뷰 요청도 받았다.

엄마는 그 누구보다 그런 걸 좋아했다. 카카오톡 프로필을 내가 나온 유튜브 영상의 캡처 화면으로 해두곤 했다. 엄마는 내가 차린 회사가 자랑거리가 되자 나를 용서했다. 헛꿈을 꾸는 헛똑똑이인데다 엄마 속을 썩이던 나는 엄마의 야망이 있고 똑똑한 자랑거리가 된 것이다. 그런 엄마의 손바닥 뒤집듯 잘되면 내 편 아니면 네 편인 기준이 싫었지만, 싫기만 한 것은 아니었다. 나는 엄마가 나를 그렇게만 좋아하는 게 좋으면서도 싫었다. 못났을 땐 미워하고 잘할 땐 좋아하는 게.

엄마는 내가 잘할 때만 좋아하지. 그래서 나는 언제나 잘하고 싶었어. 그 오래된 마음, 이제는 원망하지 않게 되었다고 생각했던 것들을 떠올리게 되어서 싫었고 이제는 엄마가 좋아하는 내가 되었네, 그런 딸이 될 수 없다고 생각했는데 되었어, 하는 마음에 좋기도 했다. 나는 나를 제법 효율적인 사람이라고 생각하는데, 그건 현실적인 관점에서가 아니라 지극히 자기 중심적인 관점에서 그랬다. 한 가지 일로 여러 감정을 느끼면 그건 효율적인 거라고 생각했다. 그런 면에서 얼굴과 이름이 알려지는 일은 효율적이었다. 회사에 도움이 되는 동시에 내 마음을 여러 갈래로 복잡하게 만들었으니까.

회사가 잘되어서 나는 정말로 완전히 엄마를 떠날 수 있었다. 엄마와 내가 떨어질 수 없었던 게 내 나약함 때문인 것을 강조하는, 사실은 엄마가 나약하면서, 엄마가 날 떠날 수 없는 거면서, 그런 것은 모르는 척하는 엄마와 찢어지듯 헤어졌다. 지금 생각하면 엄마의 입장과 걱정도 알 만했다. 하나밖에 없는 딸이 어느 날 갑자기 심한 우울증 진단을 받아오면, 차려놓은 아침식사는 항상 저녁이 될 때까지 차갑게 굳은 채 그대로고 팔다리는 비쩍 말라 있는데다 그 와중에 몸 이곳저곳을 칼로 그은 자국까지 보인다면, 나여도 그렇게 되었을 것이다.

엄마와 함께 살 때 내 상태는 아주 별로였다. 나는 모두에게서 고립된 채 내 방에만 틀어박혀 있었다. 옆에는 인형들뿐이었다. 내가 스스로 낸 상처들을 발견할 때마다 엄마는 울기 직전의 얼굴이 되고 가끔은 얼굴을 일그러뜨리며 울었다. 엄마가 지닌 슬픔의 녹는점 중 하나가 나였던 것이다. 왜 그래 민아야…… 그렇게 말하는 엄마의 목소리와 말투는 또다시 내 슬픔의 녹는점이 되고. 엄마가 악을 쓰며 소리를 지를 때의 목소리, 빈정거리고 짜증낼 때의 목소리를 싫어했으나 가장 싫은 것은 슬픔을 녹인 것 같은 목소리를 낼 때였다. 떼어낸 마음이 금방 다시 돌아가 붙어버리니까. 엄마를 싫어하려고 애썼는데 도저히 그게 되지 않게 만드니까.

내가 다시 살아보려, 다른 방식으로 살아보려 기어코 집을 나왔을 때에도 엄마는 육 개월 정도를 하루도 빼놓지 않고, 내가 죽을까봐 매일 아침저녁으로 전화를 했다. 나는 그 전화에 짜증만 냈다. 안 죽어. 안 죽는다고. 엄마는 내가 떠나는 게 너무 무서웠겠지. 나도 그렇다. 누군가가 나를 떠나는 게 너무 무섭다. 그러나 무서워하지 않는 사람이 되고 싶다. 엄마는 요즘도 가끔 전화해서 조심스럽게 묻는다. 민아야, 아직도 그래? 이제 안 그러지? 하고. 기대와 소망을 담아. 엄마가 울면 나도 울 것만 같았는데 다행히 엄마는 더이상 울지 않았다. 그러나 이상하지. 엄마의 목소리가 괜찮을 때에도 나는 눈물이 날 것만 같다. 아름의 자리가 비어서 녹는점이 조금 낮아진 걸까. 그때마다 나는 흐르려는 슬픔을 단단히 만들기 위해 아니야, 이제 안 그래, 하고 웃는다.

*

아무래도 슬픔은 고체다. 내가 제일 많이 떠올리는 형태는 어릴 적 봤던 바이올린 활에 바르는 송진덩어리다. 슬픔은 마음 한구석에 송진 같은 고체 형태로 존재하다가 어떤 녹는점에서 녹아 흐른다. 액체가 되어 온몸으로 퍼지기도 하고 자칫하면 눈물이 되어 쏟아지기도 한다. 슬픔의 녹는점은 누군가의 한마디나 체온, 혹은 해질녘의 버스 정류장이나 혼자 멍하니 보내는 주말의 긴긴 낮일 수도 있다.

나는 내가 가장 못났을 때를 기억하는 사람들이 두려웠다. 엄마를 비롯한 과거의 사람들이. 가장 못났을 때 가장 사랑받고 싶었지만 그런 일은 아주 드물고, 운이 좋은 사람들에게나 가능한 일이고, 나는 운이 좋은 편이 아니었다. 아주 많이 노력해야 하는 편에 가까웠다. 나는 내가 가장 못났을 때 못난 만큼 미움받았다고 생각했다. 내 기억엔 그랬다.

회사를 알리려 유튜브에 직접 등장한 뒤, 생각지도 못하게 과거의 사람들에게 많은 연락을 받게 되었다. 그러나 연락을 준 사람들과 다시 만나거나 하는 일은 없었다. 내가 약속을 잡지 않았기 때문이다. 나는 과거의 사람들을 만나기가 두려웠다. 다른 언어를 쓰는 것처럼 겉돌까봐. 서로의 현재에는 관심이 없다는 걸 들킬까봐. 순간의 반가움으로 덜컥 약속을 잡았다가 몇 시간을 곤란하게 보낼까봐. 무엇보다 과거의 나를 기억할까봐 두려웠다. 나는 다 잊었는데. 잊으려고 애썼는데 말이다. 그게 뭐가 그렇게 두렵냐고 묻는대도, 두려운 것이 사실이었다.

이래저래 약속을 능치다보면 먼저 말을 건 쪽도 시간이 흘러 다시 내가 반짝 떠올랐던 것을 잊을 것이었다. 우린 서로에게 모두 그런 존재들이니까. 그러면 마음이 놓였다. 누군가에게서 잊힌다는 사실에 마음이 놓인다니, 너무 바보 같았지만 나는 어쩔 수 없이 그런 것에 마음이 놓였다. 사람을 못 믿은 사람은 누구일까. 누군가가 나에게 좋아 보인다고, 나의 어떤 면을 좋아한다고 진심으로 말해줘도 강아지처럼 꼬리 흔들지 않을 거야 하고 조용히 으르렁거린 사람은. 그건 누구도 아닌 바로 나다.

그런데도 아름을 좋아해버렸고, 아름은 모르겠지만 무척이나 의지했다. 아름은 나보다 어렸지만 나는 엄마에게 기대지 못한 많은 것들을 아름에게 기댔다고 해도 과언이 아닐 정도로 각별하게 생각했다. 그건 아름이 가진 특별함 때문에 가능했을 것이다.

지금의 사무실이 된 작업실을 서울이 아닌 용인에 구한다고 했을 때도 그랬다. 아름의 지지가 결정적이었다. 집을 박차고 나와 둥지를 트는 곳이 서울이었으면 좋겠다고 생각했는데 어쩔 수 없었다. 쥔 돈과 빌릴 수 있는 돈에 맞춰 서울의 끝에서 끝까지 올라가고 내려가기를 반복하다가 결국 용인에서 가장 마음에 드는 곳을 발견했기 때문이었다. 계약을 하는 내내 엄마의 목소리가 들렸다. 겨우 그 외진 데 처박히려고 집에서 나 갔냐? 번듯하게 서울에 차리지도 못할 거? 니가 퍽이나 알아서 잘한다. 막상 작업실을 보여주면 엄마는 그렇게 말하지 않을지도 모르는데, 그냥 잘했다고 장하다고 할지도 모르는데, 나는 내내 들어왔던 그리고 내내 싫어했던 엄마의 기준과 목소리를 알아서 재생하고 있었다. 목소리를 떨치려고 여러 번 혀를 깨물었다. 혼자서는 그게 잘 되지 않았는데, 훨씬 쉽게 만들어준 것은 아름이었다. 아름은 처음 그 공간에 함께 갔을 때부터 내가 하는 일에, 하자고 하는 일에, 그리고 나에게 싫은 소리를 한 적이 없었다.

너무 좋네. 서울만 조금 벗어나면 훨씬 넓어지고 좋잖아. 나 여기 너무 좋아. 짱이야 선배.

아름의 절대적인 긍정은 내게 힘이 되었다. 아름에게는 열심히 해서 더 좋은 데로 가자, 하고 머쓱하게 말했을 뿐이었지만. 아름은 그런 걸로 나를 위로했다. 내가 탐탁지 않아 하는 나의 현재, 나의 모습, 나의 성질을 모두 괜찮다고 해줬다. 선배, 그건 흠도 아니야. 아름이 그렇게 말하면 마음이 놓였다. 스스로를 향한 공격들을 멈출 수 있었다.

*

아름이 늘 곁에 있던 때에는 이렇게까지 생각해본 적은 없었으나…… 조금만 생각해보면 알 수 있었다. 나는 아름이 좋았다. 아주 오랜만에 사람이 좋았다. 몇 년 전의 내 모습을 보는 것 같았다. 어릴 때 회사 선배들에게 그런 말을 듣는 걸 정말 싫어했는데 내가 그 말을 하는 선배가 되었네. 우습고 재밌다. 아름은 분명 나와는 다르겠지만, 그에게서 발견한 한 가지, 잘하고 싶어하고 잘 보이고 싶어하는 태도 하나만은 내가 잘 아는 것이었다.

아름은 말에 매우 민감했다. 표현이나 말투, 발음과 뉘앙스에 전부 다. 빈말이나 습관처럼 하는 말들을 그냥 넘기지 못했고 그런 말들에도 상처를 받거나 스트레스를 받기도 했다. 그래서인지 아름은 대체로 누구보다 유들유들하고 상냥했으나 간혹 이유 모르게 고집스럽고 딱딱해 보일 때가 있었다. 그런 면을 알아차렸다고 해서 특별히 아름 앞에서 말을 조심한 기억은 없었다. 그러기에 나는 너무 바빴고 원래 남들을 크게 신경쓰는 성격이 아니었다. 그래도 이렇게까지 누군가의 작은 기색을 알고 있다는 것은 내가 그 사람에 대한 생각을 많이 했다는 증거였다. 그러나 생각은 생각이고, 내가 어떻게 아름을 대해왔나 생각해보면……

내 딴에는 최대치로 아름과 사적으로 친밀했으나 사무실에서는 무척이나 공적인 태도로 그를 대했고 작은 실수도 넘어가지 않고 지적했다. 이건 아름에게뿐만 아니라 누구에게나 마찬가지였지만. 그리고 아름은, 작은 실수를 지적받아도 바윗덩이처럼 크게 받아들이고 자책하는 쪽이었다. 그렇다. 나는 대체로 무뚝뚝하고 몹시도 신경질적인 성격, 의심할 여지 없이 엄마로부터 왔을 그 성격을 가리고 죽이기 위해 평생 동안 노력했다.

노력을 기울이지 않는 순간마다 뾰족하게 튀어나오는 원래의 성격은 어쩔 수 없었다. 내가 지적할 때마다 직원들이 움츠러든다는 걸 알았지만 그래도 하지 않을 순 없었다. 작은 걸로 차이를 만드는 게 우리 직업이잖아. 수도 없이 했던 말이었다. 뭘 이런 걸 가지고 그렇게……라고 웅얼거리던 직원들도 그 말을 듣고는 입을 다물었다. 나는 언젠가 회사를 차리는 데 도움을 준 선배와 이야기를 나누다가 아름에 대해 말한 적이 있다. 회사 동료들 모두에게 똑같이 가르치고 지적하고 일하지 않는 시간에 농담하고 떠들어도 아름이는 좀 달라. 나 아름이 좋아하는 것 같아. 왜 다른지는 모르겠어. 아마 걔가 나한테 안 보여준 면들 때문이겠지. 성격은 배어나오는 거니까.

함께 보낸 시간 덕에 아름에게는 많은 것을, 아름이 아닌 동료에게는 말하지 않았을 생각들을 털어놓았고 아름의 이야기에도 귀를 기울였다. 그렇게 많은 것을 주고받았다고 생각했다. 다만 아름에게 유일하게 말하지 않은 것은 손목과 팔뚝에 낸 상처들, 이제는 그저 가늘고 붉은 자국으로 남아 있는 흉터들에 대한 것이었다. 그건 너무 오래된 것이니까, 하고 생각했지만 사실 그리 오래된 것도 아니었다.

*

　엄마에게 했던 말은 거짓말이었다. 나는 요즘도 여전히 마음이 죄어오면 택배를 뜯을 때 쓰는 아주 작은 커터칼을 들 때가 있다. 안 보이는 곳만 적당히 그으면 좋으련만 안 보이는 곳의 살들은 연하고 아파서 다만 피를 보려는 목적으로, 마음이 조금 후련해졌으면 하는 목적으로 훌찌럭훌찌럭 울면서 옷소매 근처 손목 부분까지 상처를 낼 때가 있다. 그런 것은 말하지 못하겠다. 아름이 나를 이상하게 보는 건 싫었다. 좋은 선배로, 동료로서 하면 좋은 것과 하지 않으면 좋을 것을 알려주는 사람으로 보면 좋겠다고 생각했다. 말하지 않은 것을 묻지 않으면 좋겠다고.

　언젠가 해든과 아름과 함께 저녁을 먹었던 날, 이상하게 끝없이 술을 마시고 싶은 기분이었고 평소와 다른 그 기분이 좋아 내가 사는 집에 둘을 초대했던 날이었다. 나는 아름에게 상처를 들킬 뻔했다. 여름도 아니었는데. 음악을 틀어놓고 바보같이 덩실덩실 춤을 추다가 그랬다. 술이 올라 더운 기운에 내가 걷어올린 팔목을 보고 아름이 물었다.

　선배 팔 뭐야?

　순식간에 걱정스러운 (다행히 취한) 얼굴이 된 아름에게 나는 아주 자연스럽게 대답했다.

나 요즘 유기묘 카페 다니잖아. 거기서 그랬어. 애들 장난 아냐.

내 목소리는 하나도 떨리지 않았고 그 이유는 아름 정도는 속일 수 있다고 생각했기 때문이었다. 엄마는 못 속여도. 나는 소매를 내리고 휴대전화 사진첩을 보여줬다. 유기묘 카페의 귀엽지만 건강 상태가 좋지 않아 예민하고 경계심이 가득해 사나운 고양이들을.

아유 난 또 걱정했잖아⋯⋯

꼬인 혀로 그렇게 말하면서도 아름은 내가 좋아하는 그 빛나는 눈으로 나를 하나도 의심하지 않은 채 사진 속 고양이들에 빠져들었다. 내가 뭔가를 가리키면 아름은 내가 가리키는 곳을 봤다. 그러나 해든은 조금 달랐다.

조심해 언니. 고양이 키우는 사람들 상처 많더라.

그렇게 말했다. 내 팔은 보지도 않았으면서. 그때 나는 무척이나 부끄러웠다. 해든에게 다 들킨 것 같아서. 회사가 잘되고, 일이 많아 바쁜 것 역시 호재인 동시에 악재이기도 했다. 돈은 그전보다 훨씬 많이 벌었으나 바삐 굴러가는 와중에도 모든 걸 짊어져야 한다는 압박감에 가끔 생리가 멈추고 구토감이 들 때가 있었다. 일이 궤도에 접어든 건지 돌풍에 잠시 휘둘리는 건지 알 수 없어서 현기증이 났다. 미루고 미루다 산부인과에 갔다가 방사선과에 갔다가 정신과에 들르는 일정이 반복되었다.

가끔 약을 잘못 삼킬 때가 있었다. 알약 하나가 미처 시원스레 넘어가지 못하고 목구멍에 남아 아주 느릿느릿 녹아가는 듯한 기분이 들 때. 침샘에서 들척지근한 더운 침이 돌 때. 그것을 꾹 참고 녹아라 녹아라 되뇌며 침을 삼켰다. 그럴 때면 좀 아연해졌다. 내 몸을 낫게 하려고 먹는 약 때문에 기분이 안 좋아질 때. 언젠가 해든에게 그런 작은 것으로 마음이 떨어지곤 하는 내가 마음에 들지 않는다고 했을 때, 해든은 언니 엄청 예민하네, 하지 않고 자기도 그 기분을 안다고 말했다.

가끔 약에도 체해. 그럴 때 있잖아. 선의에도 걸려 넘어지잖아. 그런 걸 우리가 어떻게 다 알겠어. 우린 겨우 서른 언저리잖아.

선문답처럼, 성긴 그물을 던지듯 에두른 해든의 문장들은 잘 드는 연고 같을 때가 있었다. 세상에 나를 설명하려고 너무 애쓰다가 지레 헛구역질이 날 것 같을 때. 해든은 그 모든 걸 다 알고 있는 것 같았다.

*

해든의 아버지가 돌아가셨을 때, 아름은 나를 끌고 가장 먼저 장례식장에 도착했고 한 번도 본 적 없는 해든의 아버지 사진 앞에서 절을 하며 제가 딸인 양 울었다. 이미 다 울어서 퍽 퍽하고 마른 얼굴을 하고 있던 해든의 어머니와 해든의 눈이 다시 축축하고 그렁그렁해질 때까지. 아름에겐 그런 능력이 있었다. 울고 싶은 사람들 대신 울어주다가 결국 그 사람도 울 게 만드는. 나는 그런 아름이 부럽고도 신기했는데 아름이 내 게 해줬던 것처럼 마냥 긍정적으로 이야기하지는 않았다. 어 느 때는 아름에게 아름씨 그건 좋은 거야, 아름씨의 장점이야, 하고 칭찬했고 또다른 때는 아름씨, 너무 감정적일 필요 없어, 감정 같은 건 조금 덜어도 돼, 하고 충고했다.

해든은 언제나 두 팔을 활짝 벌려 우리를 반겼다. 그 장소가 어디든. 장례식장이어도 마찬가지였다. 까만 상복에 해든의 하얀 팔이 대비되어 더 가늘고 하얗게 보였다. 해든은 여느 때 처럼 괜찮아 보였지만, 진짜 괜찮은지는 알 수 없었다. 해든은 우리에게 인사한 뒤 추웠는지 두 손을 상복 소매에 찔러넣고 몸을 감쌌다. 얇은 상복 위로 손을 얹자 차가운 해든의 손이 느껴졌다.

비닐이 깔린 상에서 육개장을 먹다가 아름이 잠깐 자리를 비웠을 때, 바삐 돌아다니던 해든이 내 앞자리에 앉았다. 여러 테이블을 돌아다니며 술을 한 잔씩 받은 듯 붉어진 얼굴이었 다. 검은 상복 아래 숨겨진 마른 몸이 더 말라 보였다. 콜라를 따르는 손목부터가. 나는 아름처럼 힘들지, 같은 얘기는 못하

고 다 컸네, 하고 말했다. 내 말에 해든은 익숙한 웃음을 보여
줬다.

힘들어. 죽을 거 같아. 아, 죽을 것 같다고 하면 안 되나?

그러고는 장례식장을 휘휘 둘러봤다. 해든은 그런 사람이었
다. 시니컬하고 웃긴 사람. 플라스틱 숟가락으로 육개장의 기
름을 뜨고 버리고 뜨고 버리기를 반복하다가 갑자기 해든이
내게 말했다.

언니, 있잖아. 처음에 언니가 같이 일하자고 했을 때 내가
거절했잖아.

응.

사무실이 용인이라 그랬어.

서울이 아니라서?

아니, 용인이라서.

서울이면 했고?

글쎄……

뭐야 그게.

난 에버랜드가 진짜 싫거든. 에버랜드 절대 안 가.

우리 나이엔 원래 에버랜드 잘 안 가.

맞네.

큭큭큭 웃고 해든은 콜라를 마셨다. 나는 해든이 무슨 얘기
를 하려고 하는지 알 것 같았다. 아름에게는 아름에게만 할 수

있는 이야기가 있었고, 해든에게는 해든에게만 할 수 있는 이야기가 있었다. 우뇌와 좌뇌처럼, 언제부터 그렇게 자연스럽게 나뉘었나 생각해보면…… 나는 과거 이야기에 취한 사람이 싫어, 아름이 그렇게 말했던 때부터였던 것 같다. 그 전에도 후에도 아름에게 과거에 대한 이야기를 꺼낸 일은 적었지만. 아름이 말하는 과거가 나 대학생 때, 나 고등학생 때, 나 어렸을 때, 하며 시작하는 시시콜콜한 이야기는 아닐 것이다. 과거에 사로잡혀 아직 축축한 사람들의 이야기. 또 거기에 내내 취해 있는 사람들의 자기 연민, 자기 변명, 자기 서사. 그런 걸 싫다고 한 거겠지. 그쯤은 뉘앙스로 맥락으로 알 수 있었다. 우리는 그런 것쯤은 충분히 공유하고 공감하는 사이였으니까.

그런데 아름, 어쩌지. 그 얘기를 듣고 뜨끔한 것이 나뿐만은 아닌 것도 알 수 있었다. 해든과 나는 여전히 과거에 사로잡혀 있는 사람. 그걸 아무렇지 않게 술술 말하는 해든과 꼭 걸어 잠근 나는 단지 방식의 차이일 뿐, 과거가 자신을 만들었다고 여기는 태도는 같았다. 해든에게 느끼는 묘한 동질감은 거기서 온 것이었다. 싫은 과거를 연마해온 사람들에게서 느껴지는 태도 같은 것. 해든과는 종종 그런 이야기를 했다. 한참 말이 없던 해든이 빈소 쪽을 힐끗 보더니 다시 말했다.

에버랜드 튤립 축제는 절대 안 가.

나는 이를 꼭 깨물고 참았다. 눈물이든 속엣말이든 뭐든, 해든을 안쓰러워하는 마음이든 그걸 안다고 말하고 싶은 내 마음이든 전부 참았다.

그래. 가자고 안 할게.

그때 자리를 비웠던 아름이 돌아왔다.

어딜 갔다 이렇게 늦게 와? 담배 피우고 왔어?

아니, 어머니랑 얘기했어.

해든과 나는 눈을 마주쳤고 그대로 웃었다. 웃음은 참을 수가 없었다.

왜? 뭐? 내가 뭐?

그런 아름이 귀엽고 사랑스러워서 웃다가 눈물이 조금 났다. 새벽이 지나고 돌아갈 시간이 되었을 때 아름은 해든의 어머니를 폭 안기까지 했다. 해든의 어머니는 당황한 듯했지만 곧 웃는 얼굴로 아름의 등을 토닥토닥 두들겨주었다.

우리 딸도 이렇게 안 하는데.

에이, 어머니 왜 안 해요.

그런 둘의 모습을 보며 해든과 나는 아마도 비슷한 표정으로 서로를 바라봤을 것이다. 넉살도 좋다, 쟤. 입 모양으로만 말하며.

*

언젠가 아름은 노래방에서 잔뜩 취해 〈사랑은 차가운 유혹〉
〈사랑은 창밖에 빗물 같아요〉를 연달아 부르는 나를 보고 묵
묵히 듣다가 노래가 끝나자마자 박장대소했던 적이 있다.

아니 몇 살이야.

내가…… 생각보다 나이가 많아.

선배 생각보다 사랑 좋아하네.

사랑 좋아하지. 없으니까 노래로 부르지.

그럼 선배…… 연예인도 제법 좋아하는 거 아니야? 없으니
까 인형으로 만드는 거 아니야?

그렇게 물었다. 그 사람의 한 조각이라도 가지고 싶은 마음,
그걸 가능하게 하는 일이 좋은 거라고 진지하게 대답하려는
찰나 아름이 먼저 말했다.

나는 선배가 말랑말랑할 때가 좋아.

말랑말랑할 때 언제? 붓 들 때 말고 마이크 들 때?

나는 선배가 좋아.

그러고는 〈니가 참 좋아〉를 예약하고 부르기 시작했다. 발
랄한 스텝으로. 나는 그래서 아름이 좋았다. 나보다 덜 경직된
그애의 선곡과 박자와 스텝이 부럽고 좋았다. 당연히 그만큼
나보다 덜렁대고 실수가 잦고 마음이 약했지만. 싫고 좋음의

총합을 내보면 언제나 좋은 쪽이었다. 싫음 쪽으로 내려간 적은 없었다. 아름은 이런 내 생각을 알고 있으려나. 모르겠지.

*

아름의 빈자리를 애써 외면하려고 애쓰던 어느 날, 엄마에게 전화가 걸려왔다. 다짜고짜 입원을 했다고 말하는 엄마에게 나는 소리지르지 않으려고 애썼다. 뭐 때문에? 아니 왜 일찍 말을 안 했대? 하고 날카롭게 말하지 않기 위해, 엄마가 나에게 했던 것처럼 굴지 않기 위해. 최선을 다해 담담하게 묻는 나에게 엄마는 자궁 때문에, 하고 말했다.

민아야, 엄마…… 자궁을 들어내야 된다네.

왜? 언제?

종양이 있대서. 다음주 월요일에. 엄마 회사도 쉰다.

자궁 수술한다는 이야기를 엄마는 쌍꺼풀 라인 집는 수술인 것처럼 태연하게 이야기했다. 목소리가 떨리는 건 나뿐이었다. 위로도 격려도 제대로 하지 못하고 나는 여러모로 무능했다.

……당연히 쉬어야지. 내가 갈까?

올래? 아니다. 오지 마, 민아야. 거기 있는 거 알면 됐다. 거기 잘 있는 거 알면 됐어.

엄마, 있잖아. 혹시 내가 너무 멀리 왔나?

멀리 가고 싶어했잖아.

그치.

가까스로 대답하고 나는 잠깐 숨을 참았다. 숨을 참았다기보다 숨을 내쉴 때 나도 모르게 무서워, 하고 말하게 될까봐 그 말을 참았다. 소리 없이 혀끝에서 말을 굴렸다. 무섭다고 말해도 될까. 안 되겠지. 수술을 앞둔 당사자한테 사실 나 너무 무섭다고 말하는 것. 잃을 것이 없다고 생각해왔는데 사실은 하나하나 꼽아볼 때마다 전부 잃을까봐 무섭다는 말을 할 수는 없었다. 나는 우리가 헤어지는 일을 엄마만 무서워하는 줄 알았다. 그러나 실은 나도 엄마와 헤어지는 일을 내내 무서워했다는 것을, 무서워서 외면하고 도망치려 했다는 것을 깨달았다. 떨어지는 일이 두려워 애초에 붙어 있지 않으려고 애썼다는 것을. 아주 오랜만에 걸려온 엄마의 전화로 알게 되었다. 아플 때 엄마는 너그럽고, 담대했다. 내가 언제나 원하던 엄마 같았다.

그럼 됐다. 민아야, 엄마 보험왕인 거 알지?

알지.

응. 그러니까 너두 열심히 살어.

그게 뭔데……

나는 내가 엄마보다 용감하다고 믿었다. 그러나 아닌 것 같았다. 나는 전화를 끊고 모든 헤어짐을 생각하며, 나로부터 떠나갈 모든 것들을 생각하며 울었다. 눈물보다 콧물이 많이 나온 것 같다. 옷소매와 머리카락에 묻히며 정신없이 울었다. 괴상한 소리와 함께. 그것이 나다운 것 같았다. 언제나 하고 싶었던 것. 혼자이거나 누군가의 앞에서이거나. 펑펑 울어봤으면 좋겠다고 생각했다는 것을 깨달았다. 청승맞게 울다가 가을은 왜 이렇게 을씨년스럽냐, 하고 애꿎은 가을을 탓했다. 그냥 다 싫었다. 슬슬 건조해지는 공기, 물들어 말라가는 나뭇잎, 앙상해지는 나무, 추워지는 날씨, 지겨운 일교차, 갑자기 바뀌는 온도만큼이나 갑자기 떠나가는 사람들. 아직 떠나지 않았지만 언제든 떠날 것만 같은 사람들. 매번 나만 혼자 남는 감각. 지겹다. 그 말이 절로 나왔다. 지겨웠다.

*

아픈 엄마는, 입원을 앞둔 엄마는 지금 어떤 모습일까. 요즘 엄마는 볼 때마다 입가에, 눈가에, 손가락과 머리칼에 점점 더 선명한 늙음을 묻히고 있었다. 그러나 엄마의 늙은 모습을 떠올려보자니 의외로 잘 그려지지 않았다. 오히려 아픈 엄마를 생각하다보면 내가 기억하는 엄마의 가장 젊은 날을 떠올리게 되었다. 어린 시절의 일은 거의 다 잊었지만, 몇 안 되게 기억하는 엄마의 모습들이 있었다. 엄마가 가장 예뻤던 날들의 기억도 희미하게 남아 있다.

언젠가 엄마는 어깨까지 오는 검은 머리카락을 하나로 묶고 검은 원피스를 입고 사진을 찍었다. 매번 다른 배경에서. 성당이나 조각상 분수 앞에서, 공원 앞에서, 거리에서. 검은 선글라스를 쓰거나 어깨에 흰 블라우스를 걸치고 있기도 했다. 엄마와 둘이 떠났던 유일한 해외여행에서였다. 엄마와 단둘이 갔지만 단둘이서만 간 것은 아니었다. 엄마들이 어린 딸들을 데리고 의기투합해서 갔던 프랑스 여행이었다. 같은 아파트 단지에서 비슷한 시기에 아이를 낳은 엄마들은 서로 친해졌고, 시간이 흘러 프랑스로 이민을 간 한 엄마가 다른 엄마들을 초대했다. 우리는 며칠을 그 집에서 묵으며 베르사유궁전이며 퐁피두 센터 같은 곳을 구경했다.

나는 엄마보다는 또래 친구들과 우르르 몰려다니며 바비 인형이나 말린 에델바이스 꽃이나 거위가 그려진 작은 종을 구경하느라 바빴지만, 가끔 고개를 돌려 뒤에서 따라오고 있는 엄마를 보며 예쁘다는 생각을 했다. 그때는 엄마가 젊다는 생각을 하지 못했지만, 그때 엄마는 젊었다. 스카프로 머리를 묶는 게 예쁠 나이. 흰 피부와 웃음이 예쁠 나이. 엄마는 몽마르트르 언덕에서 거리의 화가에게 초상화를 부탁했고 그것을 잘 가지고 돌아와 액자에 넣어 오랜 시간 간직했다. 아직도 엄마의 집에는 그 액자가 있을 것이다. 젊음과 이국의 기억이 담긴 액자가. 나는 그때만큼 선명하게 그때의 엄마를 떠올릴 수 없지만, 열심히 떠올려본다. 인형으로 만들어둘 수도 없는 그때의 엄마를.

*

나보다 타인을 더 걱정하는 마음은 어떻게 생기는 걸까? 다른 사람으로 인해 내 마음이 아파지는 것을 못 견뎌 하는 마음? 네가 아프면 내가 괴로우니 아프지 말아달라는 이기적인 마음에 가까울 것이라고 생각했다. 혹은 큰 불행은 타인에게 가는 것이고 나에게는 그보다 작은 불행만 올 것이라 자만하는 마음일지도 모르겠다. 그런 마음이 사랑인 건지, 잠깐 생각해봤으나 알 수 없었다. 너무 어려웠다, 그런 건. 함부로 할 수 있다고 말하기엔 너무 커다래서 잡히지 않았다. 열광과 몰입 외에 무엇이 사랑일까. 질투와 소유욕 외에. 조급함과 뜨거움 외에 사랑이 뭘까. 그 외의 사랑이 나에게 있을까? 나는 자주 의심했다.

그러니까 걱정도 사랑일까, 그걸 고민하게 된 건 엄마가 아닌 나에게도 비슷한 일이 발생해서였다. 엄마 일로 건강을 무척 염려하게 된 나는, 미뤘던 건강검진을 받았고 몇 주가 지나고 나서 난소에 혹이 있는 것 같으니 추가 검사를 해보라는 병원의 연락을 받았다. 그 결과를 듣고도 나는 태연했다. 엄마의 전화를 받았을 때는 손에 땀이 나고 심장이 내려앉았는데. 엄마가 나를 영영 떠나면 어쩌지, 이게 마지막이면 어쩌지, 하는 마음에 뱃속 어딘가가 끓는 것 같았는데. 그러나 막상 내 일이 되니 퍽 자연스러운 일 같았다. 오히려 그런 게 생길 만한 나이지, 하고 덤덤하게 듣게 되었다. 안 그래도 서른 중반에 다다른 친구들은 종종 자궁에서 종양을 떼어내는 수술을 하곤 했다. 이제 내 차례로군, 하고 생각했을 뿐이었다. 걱정이 사랑이라면, 걱정도 사랑이라면 나는 왜 이 사실을 당장 엄마에게 알리지 못하는 걸까. 누군가가 나를 걱정한다면 나는 오히려 불안해지고 두려워질 것만 같다. 그건 또 어째서일까.

수술을 하기까지 오래 걸렸다. 당장 할 수 있는 수술이 아니었다. 검사도 몇 가지 더 해야 했고, 수술 날짜는 의사의 일정에 맞추어 잡아야 했다. 검사를 하고 결과를 받는 등 자질구레한 일들로 병원을 다녀야 해서, 나는 전보다 자주 혼자서 점심을 먹었다. 나쁘지는 않았다. 오히려 좋은 쪽에 가까웠다. 원래 거하게 먹거나 맛있는 것을 먹는 게 삶의 낙은 아니었으므로 깔끔하고 배부르고 적당히 맛있으면 뭐든 좋았다.

그래서 혼자 먹는 나의 점심 메뉴는 대체로 커피와 샌드위치가 되었다. 따뜻하거나 차가운 커피와 함께 어느 날은 햄치

즈, 다른 날은 에그샐러드, 또 어느 날은 토마토와 치즈, 어느
날은 게살과 와사비가 든 샌드위치를 골랐다. 같은 장르인데
이처럼 다양하다니, 샌드위치의 세계에 경의를 표하며 조용하
고 맛있는 점심시간을 가졌다. 그것만이 평화로운 시간이었
다. 몸은 고쳐달라고 신호를 보내고, 마음은 애저녁에 흐물흐
물해져 있는 한때에, 샌드위치는 이름을 보고 고르면 이름대
로 정확한 맛을 나에게 주었다. 가볍고 든든할 수 있다니. 식
사인데 부담스럽지 않고 식사인 만큼 제 몫을 해낼 수 있다니.
샌드위치 같은 사람이 되고 싶다고 생각했다. 거의 먹을 때마
다. 그런데 입원하면 한동안 샌드위치는 먹지 못하려나. 날짜
가 하루하루 다가오고 있었다.

생각보다 초조한 마음에, 나는 휴직을 결정하고 직원들에게
는 무슨 일 있으면 편하게 연락해달라고, 재택 근무라고 생각
해달라고 말했다. 작업실에 있다가 병원 다녀올게, 하며 부재
를 알리는 일이 생각보다 번거롭고 껄끄러웠다. 동료 직원들은
아무렇지 않게 생각할 테지만 그렇게 말하는 순간 내 가슴이
가장 뜨끔했다. 한 번쯤 아프게 되리라는 생각은 했으나 왜 하
필 지금일까. 아름도 해든도 없을 때. 일터에서 멀어지자 아름
에게 사적으로 친밀하게 연락하는 일은 생각보다 어려웠다. 그
냥 하면 되지, 싶기도 했지만…… 언제나 안 하는 쪽을 택하게
되었다. 걱정시키는 일은 어려웠다. 걱정시켜본 적이 거의 없

는 사람에게는. 매일매일 점심을 같이 먹고, 작업이 밀려 있을 때면 저녁까지 같이 먹던 날들에는 그게 좀 쉬워서 좋았는데. 아름에게는 말하지 못했지만 그 시간이 의지가 되었는데. 애쓰지 않고도 마주보고 서로 온갖 얘기를 할 수 있던 시간이.

*

병원에 다녀온 날이었다. 유독 대기 시간과 검사 절차가 힘들어 완전히 지쳐버린 상태였다. 곧 하리라고 예상한 수술은 검사 결과가 모호해 일정이 미뤄졌는데, 의사에게 시원스레 설명도 듣지 못한 채 쫓겨나듯 병원을 나섰던 터라 기분도 아주 눅눅했다. 누군가를 원망하고 싶은데 원망할 힘도 없는 상태. 터덜터덜 집에 돌아오니 초저녁이 되어 있었다. 씻지도 않고 까무룩 이른 잠에 들었다가 깊은 밤 깨게 되었다. 다시 자기는 글렀네, 밤새우겠네, 그렇게 생각하다가 괜히 마음이 싱숭생숭해 나 아파, 하고 아름과 해든에게 문자를 보내고 싶었는데, 결국 보내지 않았다.

잠은 오지 않고, 시간은 천천히 흐르고 해서 수납장에서 먼지 쌓인 게임기를 꺼내 몇 년 전 즐겨 하던 게임을 해보기로 했다. 한창 게임에 빠져 있을 때, 아름에게 그래픽이 아름답고 자유로운 느낌이 든다며 엄청나게 영업을 했는데. 아름은 내 말에 눈을 빛내며 이것저것 묻고 놀라워했지만 결국 하지는 않았지. 생각보다 단호한 면이 있는 애다, 아름은. 그 이후로 게임 얘기도 해든하고만 했던 거 같네.

오랜만에 하는 게임은 퀘스트도 어렵고 전투도 어려웠다. 컨트롤러가 손에 익지 않아 자꾸만 캐릭터가 엉뚱한 곳으로 달려갔다. 해야 하는 것들을 포기하고 따라가야 하는 길을 벗어나 정처 없이 걸었다. 혼자 걸으니 게임 속인데도 외로웠다. 게임 속에서 해가 지고 모르는 사람들이 나를 지나쳐가고 풀벌레가 울고 바람이 불었다. 괜히 심술이 나서 뚜벅뚜벅 걷는 캐릭터를 강물에 뛰어들게 해 수영을 시키고, 바위에서 뛰어내리게 해 들판 위를 구르게 만들었다. 게임 캐릭터는 그때마다 헉헉 숨찬 소리를 냈다. 내가 헤엄을 치고 땅바닥을 구른 것처럼 힘이 들었다. 어두운 방에서 가만히 게임기만 쥐고 있었는데도.

그렇게 몇 시간을 게임 속 세상에서 걷고 뛰고 넘어지고 헤엄쳤다. 머리가 지끈거리고 손이 저리게 되어서야 그만하기로 했다. 혼자 하는 게임은 재미가 없네. 게임을 끄고 까만 화면을 멍하니 바라보았다. 새벽 네시가 다 되어 있었다. 출근을 안 하니 이 시간까지 게임을 할 수 있네. 좋네. 하나도 좋지 않으면서 그렇게 생각해보았다. 더 먹을 수 없이 배가 부르면서 꾸역꾸역 음식을 집어넣는 듯한 느낌이 들었다. 까만 화면에

비친 내 얼굴을 다시 한번 들여다보았다. 무표정일 거라고 생각했는데, 어쩐지 울상에 가까운 얼굴이 있었다. 아프다고, 아파서 회사를 잠시 쉬고 입원을 할 거라고 엄마에게 여전히 말하지 못했다.

걱정어린 엄마의 목소리를 들을 자신도 여유도 체력도 없었다. 엄마 목소리를 들으면 나는 정말로 무섭고 외로워질 것 같아. 또다시 해든과 아름이 떠올랐지만 시간이 너무 늦어 끝내 연락하지 못했다. 그들은 그들의 사정이, 내일이, 컨디션이 있으니까. 이미 자고 있을 테니까. 연결음만 계속 듣고 있으면 정말 슬퍼질 것 같으니까. 조금만 견디면 아침. 아침을 기다리며 오래 앉아 있었다.

잠이 오지 않는 새벽 이런저런 상념에 빠져 있다가, 문득 아주 오래전 엄마와 살던 집에서 발견한 편지 하나가 떠올랐다. 오래된 앨범 속에 끼워져 있던 오래된 편지였다. 수신인은 엄마였고 발신인은 엄마에게 한 번도 얘기를 들은 적 없는 엄마의 옛 친구인 것 같았다. 귀엽고 정다운 글씨체로 엄마의 이름을 부르고 있었다. 그때 엄마의 젊은 시절은 어땠는지 궁금한 마음에, 친구와 편지도 주고받는 성격이었다니 놀라워서 사진으로 찍어뒀었지…… 한참을 휴대전화 사진첩을 뒤져 찍어둔 편지의 내용을 찬찬히 읽어보았다.

연숙아 안녕, 나 명진이야.

옮긴 지점 일은 어떠니? 너는 워낙 똘똘하고 밝으니까 잘하고 있으리라 생각해. 벌써 가을이구나. 노란 은행잎이 거리에 떨어지니 마음에도 어쩐지 구멍이 뚫린 듯해. 왜인지 자꾸 생각해보니 아마도 꿈을 잃고 직장인이 되어버린 나에게 허망해서가 아닐까!

연숙인 어떠니. 꿈 많고 섬세한 시절을 함께 보낸 것 같아 너의 심정이 궁금하네. 바쁜 생활에 치여 단풍 구경 가고 가을바람 맞을 시간도 없는지…… 나는 연숙이 네가 없으니까 일하는 게 영 밍밍하고 마음이 붙질 않는다. 이유 없이 슬퍼진 게 또 그 때문이 아닌지……

네가 새로운 곳에서 잘 지내길 바라면서도 나 없는 곳에 정을 붙인단 생각을 하면 괜히 질투가 나. 이럴 때면 너와 팔짱을 끼고, 바람이 불어 낙엽이 뒹구는 쓸쓸한 거리를 걷는 상상을 해……

그리고 화면을 확대해서 한 줄 한 줄 편지를 다시 읽다가 결국 울고 말았다. 어느 부분에 감정 이입을 한 건지 도통 알지도 못한 채로. 편지를 쓴 감수성 풍부한 엄마의 친구에게 두서없이 묻게 되었다. 감상적으로 굴기 싫었는데 참지 못하고. 명진씨, 그뒤로 우리 엄마 답장 받으셨나요? 엄마는 금세 적응

했대요? 우리 엄만 그랬을지도 몰라요. 영 정이 없는 사람이 거든요. 자기 때문에 외로운 사람 마음은 하나도 모르거든요. 알까요? 알면 다행이고요. 명진씨는 밍밍한 마음이 언제 다시 괜찮아지셨나요? 다른 친구를 사귀셨나요?

있잖아요, 우리 엄마는 꿈이 뭐였대요? 저는 한 번도 물어본 적이 없어요. 저는 엄마 꿈이 뭐였는지 몰라요. 엄마를 많이 좋아하셨죠? 둘도 없는 친구셨죠? 두 분이 팔짱 끼고 같이 거리도 걷고 비밀도 나누고 그러셨죠? 저도 그런 친구들이 있어요. 당장은 얘기 못하지만요. 아직 할 수 없는 얘기가 많지만요. 저도 편지 보내고 싶어요. 답장도 받고 싶어요. 명진씨, 저는 꿈이 싫어요. 저는 꿈이 중요하지 않은데 제 친구들은 꿈을 찾아가느라, 그게 너무 중요해 보여서 저를 떠나가지 말라고 말을 못했거든요. 가을바람 맞으니 외롭네요. 지금 저도 가을에 있어요. 단풍 구경은 아직 못했지만요. 바빠서는 아니고요. 사실, 단풍 구경 안 좋아해요. 그냥 그래요……

마음속에서 독백이 맴도는 와중에, 눈물이 줄줄 흐르는 와중에 휴대전화 화면이 꺼졌고 다시 한번, 검은 화면에는 울고 있는 내 얼굴이 비쳤다. 슬퍼 보이네. 우는 와중에도 그렇게 생각했다.

*

    엄마 꿈은 모르지만 내 꿈은 알고 있다. 나는 사실은, 화가
가 되고 싶었다. 다시 곱씹어보는 것도 낯설 만큼 그런 꿈을
품었던 게 오래전인 것 같다. 그렇지만 정말로 되고 싶었다.
따라 그리는 것 말고 내 걸 그리는 사람이 되고 싶었어. 그러
나 나는 창작보다 모사에 더 재능이 있었다. 인형 리페인팅은
그때 인터넷에서 알고 지낸 얼굴을 모르는 친구가 알려준 것
이었다. 모방은 나의 특기에 가까웠다. 나다운 건 뭔지 모르겠
지만, 따라 그리는 건 자신 있었다. 화가가 되고 싶었지만 재
능과 돈이 없었지. 무엇보다 빨리 일할 수 있는 직업이 필요했
다. 그려서 돈을 벌 수 있는 일이라면 뭐든 좋았다.

    꿈일랑 잊어버리고, 잘하는 것을 선택해 만난 이들이 아름
과 해든. 그 인연이 새삼 경이롭게 느껴졌다. 처음에, 리페인
팅 수업에서 만난 아름은 조금 과도하게 긴장한 탓에 늘 초조
해 보였는데 눈만은 반짝반짝했다. 가르치는 사람에게 예쁨
을 받고 싶어하는 학생의 눈이었다. 그건 내게 너무 익숙한
것이어서 그애가 좋았다. 나랑 닮았는데, 내가 기어코 가리려
는 그 점을 가리는 법을 모르는 게, 그대로 드러내는 게 좋았
다. 그리고 그때의 아름을 생각하면, 언제나 해든이 함께 떠
오르는데.

아름에 비해 해든은 조금 특이한 포지션이었다. 리페인팅에 아무런 관심이 없는 게 훤히 보였는데, 겉으론 인형 얼굴 그리는 일에 집중하며 속으로는 다른 수행 같은 걸 하고 있는 것처럼 보였다. 지금 내가 하는 일을 좋아하고 지지하는 아름이 좋았으나, 이상하게 내가 과거에 원했던 것은 해든에게 하자고 하게 되었다. 이를테면 전시회에 가는 일. 해든과는 종종 삼청동, 삼각지, 양재, 과천까지 함께 미술 전시를 보러 가곤 했다. 주로 내가 보고 싶은 걸 봤지만 가끔 해든이 찾아낸 갤러리에서 사진을 볼 때도 있었다. 어떤 사진을 보다가 해든은 불쑥 나에게 이렇게 말하기도 했다.

나, 사진과 나왔다.

그래? 난 영문과 나왔는데.

다 지나간 전공 얘기를 왜 하나 싶었는데, 해든에게 그건 지나간 전공이 아니었다는 걸 뒤늦게야 알았다. 해든은 그렇게 말하고 난 뒤 부연 설명 같은 건 해주지 않았다. 우리는 서로에게 말을 많이 거는 편은 아니었다. 그저 조용히 전시된 그림이나 사진, 설치미술 작품을 봤다. 나는 주로 커다란 그림 앞에 오래 서 있었다.

어느 날인가 고요한 전시장에서는 해든에게, 이제껏 아무에게도 하지 못한 말을 지나가는 말 삼아, 아주 작은 소리로 해볼 수 있었다.

나 화가 되고 싶었다, 어릴 때.

그러면 해든은 말했다.

지금도 화가잖아.

그래도, 나는 잘할 수 있는 게 중요했어.

생각해보면 사람들이 나를 찾는 게 좋았다. 인생에 하나쯤, 사람들이 나를 먼저 찾아줄 이유가 있었으면, 하고 바랐다. 인형을 그리고 나는 원하던 걸 받았다. 잘 굴러가는 톱니바퀴 같다고 생각했다. 그렇게 맞물리는 일이 마음에 들었다. 인형을 그리기 이전에는 없던 일이었다. 사람들이 찾으면 찾을수록 잘하고 싶어졌다.

그렇게 말하고 나는 다시 커다란 캔버스에 그려진 거대한 숲과 집과 사람을 바라보았다. 미간을 찌푸리며 진지하게. 저렇게 큰 캔버스에 큰 붓으로 그림을 그리면 얼마나 좋을까, 속이 다 시원할 것 같아. 아주 작은 붓으로 인형의 얼굴을 그리면서 그런 생각을 자주 했다. 그런데 막상 큰 그림 앞에 서면 반대로, 꿈을 이루지 못했다는 나의 미련 같은 것들은 그냥 미련이었다고, 그렇게 후련하게 생각할 수 있었다.

겨울

—이해든, 에버랜드에 가지 않는 사람

스튜디오에 도착하면 제일 먼저 토마토를 먹으며 아침 담배를 피웠다. 항암, 항염, 뭐든, 거기에 토마토가 좋다는 얘기를 들은 후로 아침은 늘 토마토였다. 토마토를 먹으면서 아빠 생각을 할 때도 있었다. 아빠는 담배를 피우지 않았다. 항상 흡연은 멍청한 짓이다, 담배는 백해무익한 것이다, 그렇게 말했다. 아빠, 나는 아빠가 싫어하는 짓만 골라서 하네. 그래도 나는 아빠를 생각해. 그리워해.

처음 쓰러져 실려간 병실에서 아빠는, 아빠의 입원 소식을 듣고 달려온 내가 떨리는 마음으로 떨리는 손으로 병원 밖에서 피우고 들어온 담배 냄새를 먼저 맡았다.

너 담배 피우냐?

그 목소리에 내 눈물은 쏙 들어갔다. 아빠는 혀를 차며 저거 뭐가 되려고, 하며 고개를 돌렸고 나는 화가 났다. 우리는 늘 그런 식이었다.

아빠는 할머니처럼 죽었다. 뒤늦게 병을 발견하고, 이미 늦었을 때 병원에 입원해서, 항암 치료를 견디며 몇 개의 계절을 보냈다. 이후 의식불명 상태가 되어 중환자실로 옮겨갔고 그곳에서 깨어나지 못했다. 아빠가 통과하는 과정들을 지켜보며 나는 내 생각만 했다. 나도 저렇게 죽겠지. 집안 내력이니까. 가족력이니까. 유전자는 무서우니까. 아빠, 아빠도 무서워? 많이 아파? 그런 건 한 번도 물은 적이 없다. 대신 아주 가끔 볼 수 있던 아빠의 웃는 얼굴을 떠올렸다. 집안을 다 뒤집어놓도록 엉망진창으로 싸운 뒤 집을 나간 내가 몇 달 만에 나타나 아빠! 하고 부르자 참지 못하고 헛웃음을 픽 터뜨리던 아빠의 얼굴 같은 것. 그러면 언제나 허무하도록 슬펐다.

엄마는 우는 모습을 생각하면 슬픈데 아빠는 웃는 모습을 생각할 때 슬퍼지는 게 이상했다. 웃는 아빠 모습은 몇 번 보지 못해 낯설어서 그런가. 내가 아빠의 웃는 얼굴을 보는 걸 얼마나 원했는지를 아빠가 웃을 때만 깨달을 수 있었어서 그런가. 아빠는 많은 것에서 예외였고 기준이었고 채워지지 않는 구멍이었다. 나는 살면서 아빠의 자리를 대체하거나 그 구멍을 막아줄 사람을 찾아다녔는지도 몰랐다. 내가 손 내밀고 싶던 사람들은 전부 그랬다. 아빠가 해주지 않은 것을 나에게 덥석 해주거나, 어딘가가 아빠와 닮았거나, 아빠가 웃는 걸 떠올리게 하거나, 아빠 생각이 나지 않게 해주거나. 그런 사람들이 좋았던 것 같다.

*

나는 사진을 시작하며 무너지거나 지어지고 있는 건물을 찍었다. 이후에도 그랬다. 아르바이트가 아닌 포트폴리오를 만들 때에는 언제나 구부러진 철근과 깨어진 콘크리트, 비계와 비계 위의 사람, 포클레인과 포클레인에 의해 부서지는 외벽, 거기서 날리는 파편들과 흙먼지를 찍었다. 가끔 안전모를 쓴 사람들이 장갑을 낀 손으로 피우는 담배 연기 같은 것도 찍었다. 그것들이 다 무너지고 깊고 넓게 텅 비어버린 자리도 찍었다. 학과 친구들은 왜 폐허를 찍고 다니느냐며 놀렸다.

나의 관심사는 실은 무너지고 지어지는 건물이 아니라 아빠였다. 아빠는 건설 현장에서 일했다. 청년 시절 학습지 회사를 다니다가 결혼을 했고, 회사를 그만둔 이후로 작은 학원을 차리기도 했고, 학원이 망해서 공부방으로 변경하기도 했고, 술집을 차려보기도 했지만 모조리 망하고 작업화와 안전모를 차에 신고 인천으로, 가평으로, 홍천으로 집을 부수고 지으러 다녔다.

허물어지거나 세워지는 곳을 보면 아빠가 생각났다. 오래전에 다시는 보고 싶지 않다고 말한 적이 있었지만 언제나 아빠를 생각했다. 나는 현장에서 일하는 아빠를 한 번도 본 적이 없다. 한 번도 본 적이 없지만 아빠가 발을 헛디뎌 죽게 되지 않을까 하는 상상을 거의 매일 했다. 그러나 아빠는 떨어져 죽은 게 아니라 대장암으로 죽었고, 그 이후 나는 창에 커튼을 달았다. 아빠가 죽었어도 창밖에서는 언제나 건물이 부서지고 지어졌다.

지금도 종종 그때를 생각한다. 죽은 아빠가 아니라 아빠가 죽어갈 무렵 아빠를 생각하던 나를. 아빠는 어떤 사람일까. 아빠는 왜 나를 미워할까. 나는 왜 아빠가 미울까. 아빠의 이유는 모르겠지만 나의 이유는 언제나 명확했다. 아빠가 나를 좋아하지 않았기 때문에. 여러모로 아빠 마음에 드는 딸이 아니었다는 사실은 내내 나를 괴롭혔다.

아빠는 자신이 참고 있다는 티를 내야만 하는 사람이었다. 내가 지금 너를 참아주고 있어. 나를 더 화나게 하지 마. 그땐 나도 어떻게 할지 몰라. 그런 걸 온 얼굴과 몸으로 말하는 게 협박이라는 걸 모르는 채 내내 그 태도로 살아왔다. 엄마나 내가 자신의 말에 반기를 들면 붉으락푸르락한 얼굴로 손에 쥔 것을 한참 주물렀다. 더 해봐, 어디. 계속 말을 그렇게 해봐,

하며 손에 힘줄이 올라올 정도로 손에 쥔 것을 꾹꾹 주무르다 결국 그것들을 어디론가 던지며 참아왔던 화를 폭발시켰다. 어느 날은 호두, 어느 날은 지압기, 또 어느 날은 리모컨. 그날은 전기면도기였다. 아빠가 던진 전기면도기는 하필 내 쪽으로 날아왔다. 사진과에 진학하겠다고 한 날이었다.

날아온 전기면도기에 맞은 팔이 욱신거리다가 거기에 결국 푸른 멍이 남았다. 그것이 내가 집을 나오기 전 마지막으로 선명하게 남은 이미지다. 멍든 부위를 꾹꾹 누르면 통증이 둔중하게 퍼졌다. 나는 그 멍을 좋아했다. 나는 엄마나 아빠에게 내가 태어났을 때와 관련된 이야기를 들은 적이 없는데, 그건 내가 직접 새긴 몽고반점 같아서 좋았다. 그 푸른 멍이. 말없이 팔을 끌어안으며 트렁크에 옷가지를 챙겨 나가는 나를 엄마가 따라와 말렸다. 너까지 왜 이러느냐고 울면서. 그 답답한 마음을 챙겨주거나 해결해줄 길이 없어서 나도 따라서 답답했다. 난 저런 아빠 싫어. 아빠가 계속 저렇게 굴면 난 이제 아빠랑 안 볼 거야. 그냥, 내가 생각할 수 있는 방법은 이것밖에는 없어. 이 집에서 나가는 것. 아빠가 주무르는 공기에서 벗어나는 것. 엄마 생각은 안 그래? 주택가의 비탈길에 서서 내가 소리를 지르는 동안 엄마는 대답 없이 울기만 했다.

처음 집을 나왔을 때, 나는 집도 절도 없이 몸만 나온 상태였기 때문에 아현동에 있는 친구 집에 간신히 빌어 들어갔다.

그곳에서 돈을 모으고 방을 알아보러 다녔다.

아르바이트가 끝나고 텅 빈 원룸에 먼저 돌아와 바닥에서 자고 있으면, 늦은 새벽 친구의 남자친구가 들어오는 소리가 들렸다. 그때마다 자거나, 자는 척을 했다. 그들이 섹스를 했는지 하지 않았는지 확인하고 싶지도 않고 확인할 수도 없었다. 아르바이트가 끝나고 돌아오면 녹초가 되어서 언제나 삼십 초 이내로 잠들었다. 간혹 이유 없이 잠에서 깰 때면 침대에 둘이 누워 두런두런 얘기하는 소리가 들렸다가, 끊겼다가 했다. 친구 집에서 지낼 때 유독 새벽의 존재감이 컸다. 새벽은 그들이 활동하는 시간. 내 바로 옆에 바짝 붙어서 뭔가를 소곤거리는 시간. 새벽은 좁은 방만큼 가깝게 느껴졌다. 가끔 몸은 피곤한데 잠은 오지 않아서 뜬눈으로 그들을 맞아야 할 때면 쌓인 빨랫감을 안고 지하 일층으로 빨래를 돌리러 갔다. 친구가 사는 건물은 방에 옵션으로 세탁기를 놓아주는 대신 지하에 공용 세탁실을 만들어둔 곳이었다.

세탁기 옆에는 플라스틱 의자가 두세 개 놓여 있었다. 세탁기가 돌아가는 동안 나는 거기 앉아 눅눅하고 서늘한 지하의 냄새를 맡으며 노래를 흥얼거리거나 책을 읽거나 밤의 풍경을 찍었다. 새벽마다 친구의 방을 찾아오는 남자애에 대해 생각하기도 했다. 어딘지 설화 속 남자애 같았다. 『삼국유사』에 종종 나타나는, 귀신의 아들이어서 훌쩍훌쩍 담을 타 넘거나 새벽 나절에 다리를 짓거나 사람 눈에 보이지 않는 능력을 이용해서 여자의 이불 속으로 들어오는. 물론 어느 버전으로 상상해도 실제로 친구 집 문을 두드리는 어리숙해 보이고 깡마른 안경 쓴 남자애와는 어울리지 않았지만. 정작 그 남자애에 대한 친구의 평은 박했다. 걔가 왜 좋아? 하고 물어봤을 때 친구의 대답은 간결했다.

비쩍 마른 애들이 정력이 좋을 때가 있더라고.

친구는 그애와 삼 주 정도 만나다가 헤어졌다. 정말 헤어진 거야? 하고 놀라서 물었을 때 친구는 웃으며 걔 혼자 계속 사귀고 있는 것 같기도 해, 라고 대답했다. 갈 데 없던 나를, 갈 데도 없으면서 집을 뛰쳐나온 나를 자신의 좁은 방에 들여줬던 친구는 내가 아르바이트에 매달리는 동안 비용을 거의 들이지 않고 갈 수 있는 어학연수 프로그램에 매달렸다. 내가 그 집을 나오고 원룸을 구하고 돈을 버는 동안 친구는 캐나다와 호주 어학연수를 마치고 돌아와 외국계 해충 방제 회사에 들어갔다.

그 집을 나와서 한동안은 바퀴벌레가 쏟아져나오는 집에서 살았다. 드디어 보증금으로 쓸 최소한의 돈이 모여 얹혀살던 친구네 집에서 나왔을 때였다. 아직도 그 주소를 기억한다. 보광동 B101호. 기억하는 이유는 단 하나. 그 집에서 살 때 사진과에 입학하게 되었기 때문이다. 그 기쁨으로 집 같지 않은 집에서도 행복했다. 얼마 동안은. 내가 사는 환경이 내가 이룬 기쁨을 깎아먹을 수 있다는 것을 처음 깨닫게 된 것도 그 집에서였다.

내가 처음 스스로 구한 집은 집이 아니라 벽을 세운 움막 같았다. 문을 열면 바로 비탈길이었다. 건물을 마음대로 쪼개서 벽을 세우고 문을 달아놓은 것 같았다. 그러나 처음 방을 봤을 때는 그런 것도 몰랐다. 대충 지은 낡은 방이라 틈이 많았고 그 틈으로 바퀴벌레가 들끓었다. 에어컨을 설치한 곳에 자은 틈이 있었는데 거기로 바퀴벌레가 들락거렸다. 그 사실을 이사온 겨울에는 몰랐다가 서서히 날이 따뜻해질 즈음 알게 되었다.

새벽 내내 벽과 천장 속에서 파스스스, 파스스스스 하는 소리가 들려 잠을 설치게 된 지 며칠이 지났을 때 바퀴벌레가 모습을 드러냈다. 새벽 네시에 엉엉 울며 건 전화에 달려온, 그때 만나던 남자친구가 사온 살충제를 그 틈새에 대고 뿌리자 손가락 두 개만한 바퀴벌레들이 십수 마리 떨어져내렸다. 탁, 탁, 탁, 탁, 에어컨이 달린 벽에서 바닥으로 바퀴벌레들이 떨어지던 소리를 잊지 못한다. 남자친구는 바퀴벌레들이 떨어지며 자기 쪽으로 튈 때마다 미간을 찌푸리며 씨발, 하고 욕을 했다.

새벽이 지나고 해충 박멸 업체를 부른 뒤 남자친구는 눌린 머리에 다시 모자를 눌러쓰며 웅얼웅얼 말했다.

와, 오버한 거 아니었네.

그 말을 듣자마자 욕을 할까 하다가 꾹 참고 뭐라고? 되물었다. 다혈질인 성격은 아빠한테 물려받은 게 확실했다. 눈치도 없는 남자친구는 그만할 생각은 않고 웅얼거리던 발음을 똑바로 하며 덧붙였다.

네가 엄살 부리는 줄 알았다고.

그렇게 말하고 웃기까지 했다. 피로하고 피곤해서 이 의미 없는 대화를 그만둘까 하다가 참지 못하고 다시 한번 물었다.

뭔 소리야?

그러자 남자친구는 말했다.

왜 여자애들이 벌레 나오면 무서워하는 척하고 그런 거 있잖아.

그 말이 파스스스, 바퀴벌레가 기어가는 소리처럼 들렸다. 나는 대답하지 않았다. 휴대전화를 들어 시간을 확인했다. 침묵이 감돌았지만 속으로도 조용했던 건 아니었다. 저 씨발 새끼 욕은 저만 할 줄 아는 줄 아나…… 나는 그 소동을 겪고 한숨도 못 잔 채 한 시간 후면 피시방으로 오전 아르바이트를 하러 가야 했다.

학교에 다니면서도 아르바이트는 가리지 않고 했다. 사진 찍는 일이라면 오히려 더 좋았다. 졸업할 무렵이 되자 다른 일보다 사진 찍는 아르바이트가 점점 더 많이 들어왔는데, 카메라 하나만 쥐고 나는 닥치는 대로 일을 받았다. 대체로 하루면 끝나는 아르바이트였지만 그게 아니어도 상관없었다. 졸업 직전에, 선배들과 선생님들이 더 공부하지 않을래? 하고 권유했지만 그때마다 주저하지 않고 고개를 저었다. 돈 벌어야 돼요. 그 말은 하지 않았지만.

직업을 가지는 게 꿈이었다. 꿈이었지만 잘 상상은 되지 않았다. 내가 직업을 가지게 될 거라고는. 내가 스스로를 벌어 먹이게 될 거라고는. 생각해보면 그때까지 친구와 나눠 낸 월세나, 한 달을 살았던 생활비 전부 스스로 번 것인데 이상했다. 아르바이트와 직업은 다르다고, 지금 찍는 사진과 나중에 진짜로 찍을 사진은 다르다고 은연중에 철석같이 믿었다. 그러면서 왜 이래, 왜 이렇게 보수적이야, 스스로를 비웃었다.

더 돌이켜보면 그러니까, 항상 빠듯한 돈을 손에 쥐었고 아무리 아껴 써도 월말이 되면 삼사만원 정도가 모자랐다. 그때마다 주위 친구들에게 퐁당퐁당 돈을 빌리거나 굶었다. 아주 가난한 건 아닌데 그럴 때마다 내가 정말 가난한 건지 아닌 건지 헷갈렸다. 그걸 정확히 가늠하는 게 중요한 건 아니었지만. 돈이 떨어지면 고작 며칠을 굶는 건데도 곤란함이 뒤따랐다. 돈 쓸 일이 생길까봐 전전긍긍했다. 꼭 참석해야 하는 식사 자리라거나 친구들과 약속 같은 게 생기면.

그렇게 곤란할 때면 슬쩍 엄마에게 연락을 했다. 엄마에게는 필요한 돈에 일이만원 정도를 더해 빌렸다. 안 갚을 때도 있었다. 엄마도 모르는 체했다. 간혹 그런 내가 멍청하고 답답해 보였는지 조용하던 엄마도 그냥 집에 들어와 살면 될 게 아니냐고, 돈도 없는 계집애가 월세 아까운 줄 모른다고, 뭐가 중요한지도 모르고 덜떨어진 주제에 엄마를 무시하고 자기만 잘난 줄 안다고 고래고래 소리지른 적도 있었다. 나는 그때마다 대답하지 않고 조용히 전화를 끊었다. 엄마는 그렇게 소리를 질러놓고 내 계좌로 오만원, 칠만원을 입금했다.

*

사진이 시들해진 것은 직업을 가지는 일이, 그러니까 내 사진이 선택되어 돈을 받고 사진 작업을 하는 일이 요원했기 때문이었는데, 동시에 다른 이유도 있었다. 호기롭게 떠나온 집으로 자꾸만 돌아가고 싶어져서 그랬다. 들끓는 바퀴벌레가 싫고 반지하가 싫고 새벽에 취객이 내 집 문을 두드리는 게 싫었다. 피시방 사장이 내 허벅지와 어깨를 은근히 쓰다듬는 것, 결혼식장 사진 촬영이 끝나면 남자 하객들이 말을 거는 것, 선배와 선생이 포트폴리오는 언제 만드느냐며 걱정하는 것, 방학 때마다 해외로 봉사활동을 가고 어학연수를 가고 여행을 떠나는 동기들의 인스타그램을 보는 것이 싫었다.

이런저런 아르바이트에 질리고 지쳐서이기도 했을 것이다. 그때 나는 쉴 틈이 없었다. 영화 한 편을 보려면 대타를 구해야 했고, 매니저에게 사정해야 했고, 일을 물어다준 선배에게 싫은 소리를 들어야 했는데 그 모든 일이 힘겨워졌다. 다 그만두고 싶었다. 나는 사진을 좋아하는데, 사진은 나를 좋아하는 것 같지가 않았다. 사진을 대상으로 분풀이를 하는 나 자신이 제일 꼴보기 싫었다. 사진한테 뭘 맡겨둔 것도 아니면서. 지칠 때면 이상하게 아빠가 보고 싶었다. 나한테 물건이나 던지는 아빠가 왜 그렇게 보고 싶었을까.

그래서 나는 몇 년 만에, 집으로 돌아갔다. 엄마는 으이구 이년아 그럴 줄 알았다, 잘난 척은 혼자 다 하더니, 했지만 표정은 부드러웠다. 매번 밥을 챙겨줬다. 여전히 아빠는 나와 대화하지 않았지만 내가 다시 집에 들어온 것을 좋아하는 눈치였다. 남이 해준 밥을 먹고 아르바이트를 하지 않고 대낮에 집에 누워 있는 일은 행복했다. 얼마 만에 쉬는지 모르겠네, 그 말을 하면서도 행복했다. 실패했다는 생각을 하지 않기 위해, 시간을 죽이기 위해 온갖 사이트에서 성인반 취미 수업을 뒤졌다. 도서관, 문화센터, 동네 서점, 뜨개질방. 사진 말고 다른 것, 다른 생각 없이 집중할 수 있는 것을 찾고 싶었다. 거기에서 나는 민아 언니와 아름을 만났다.

민아 언니의 수업이 시작한 것은 한겨울이었다. 나는 목도리를 둘둘 두르고 장갑에 털모자까지 쓴 아름을 그때 처음 보았다. 눈사람 같았다. 눈사람 같던 사람이 목도리를 훌훌 풀고 장갑을 벗고 털모자까지 벗자 딱 달라붙은 단발머리의 마른 인간으로 변해 있었다. 한 칸 떨어진 옆자리에서 벌어진 변신 장면을 본 순간부터 어쩐지 그애가 마음에 들었다. 재밌는 애구나, 하고 단박에 생각하게 되었다. 웃음을 참으려 애썼다. 수강생들이 거의 다 왔을 때 민아 언니가 들어왔다. 차가워 보이는 인상에 손이 야무진 여자. 그것이 민아 언니의 첫인상이었다. 민아 언니는 자기가 만든 인형 여럿을 안고 들어와 빈 책상 위에 그들을 앉히거나 세워뒀는데 한 번도 헛손질을 하지 않았다. 저렇게 알맞은 자리를 잘 찾는 손의 주인은 어떤 사람일까, 수업이 진행되는 내내 궁금했었다.

아름과 조금 먼저, 그다음에 민아 언니와 가까워졌다. 멀고 먼 사람들이라, 일주일에 한 번씩만 보면 되는 사람들이라 그때 내가 하던 고민을 다 털어놓았는데 이렇게 오래 보게 될 줄은 몰랐다. 아름과는 주로 술을 마셨고, 민아 언니와는 주로 그림을 보러 다녔다. 사진을 찍으며 지치고 혼란할 때 도움이 되는 건 이상하게도 커다란 캔버스에 그린 그림이거나 돌을 쌓는 창작자들의 작업물, 그리고 그들이 쓴 글이었다. 민아 언니는 나에게 권진규와 이우환의 책을 알려주었다. 늙거나 죽은 작가들의 책. 소박하면서도 거침없는 책.

민아 언니가 준 두 권의 책을 다 읽고 나는 그런 글 같은 사람이 될 순 없는 걸까 자책하면서 그것들에 기댔다. 리페인팅 수업이 끝난 뒤 여느 때처럼 아름과 맥주를 한잔 하고 가자고 눈에 띈 호프집에 냅다 자리를 잡았고, 정리하고 금방 온다던 민아 언니는 생각보다 빨리 오지 않았다. 맥주에 소주를 타 마시며 벌써 뜨거워진 낯으로 나는 어쩐지 아름에게 이렇게 말하고 있었다. 두 권의 책이 잔상을 남긴 탓이었다.

우직하고 오래가고 싶어.

그렇게 얘기했을 때 아름은 그렇게 될 수 있어, 라고 해주지 않았다.

해든은 민첩하고 계속될 거야.

그렇게 말해주었다. 듣고 싶었던 말이 뭔지도 몰랐던 나에게 최고의 위로를 건네주었다. 몇 년간 사진을 전공한 건 나였는데 아름의 말을 듣고야 내가 무슨 일을 하는지 깨달은 것 같았다. 그렇지. 나는 쉰 적이 없고 그래서 민첩할 줄 알고 일을 계속하고 싶어하지. 그리고 결정적으로 나는 이우환도 권진규도 아니니까…… 그제야 좀 웃을 수 있었다. 아주 옅은 웃음일지라도. 그래서 나는 그때 아름에게, 붙들고 싶은 문장을 붙들고 힘을 내는 나만의 방법을 알려주었다. 너한테만 알려주는 거야, 그런 마음을 담아서. 그러나 진지하게 보이고 싶지 않아서 할 수 있는 한 가뿐하게.

심심할 때 해봐. 책점을 치는 거야. 고민이 있으면 그걸 생각하면서 책에 손을 올려놓고…… 아무데나 펼치는 거지. 그리고 맨 처음 눈에 들어온 문장을 읽어. 그럼 그 문장은 네 거야.

그걸 듣는 아름의 표정이 좋았는지, 나빴는지 기억나지 않는다.

*

나는 민아 언니의 수업에 성실하게 참여했다. 사람은 신기하게 한쪽에 성실해지면 다른 한쪽에도 성실해지기 쉬운지, 작은 인형을 붙들고 고민하는 동안 다시 카메라를 드는 일도 잦아졌다. 그래서…… 민아 언니에게 리페인팅 일을 같이 하자는 제안을 받았지만 거절했었지. 나에게 리페인팅, 인형의 얼굴을 그리는 일은 언제나 취미였다. 나는 그때 사진으로 무언가가 되고 싶었다. 같이 사진을 찍는 사람들 중에서 좀더 마음 맞는 사람들을 원했다. 민아 언니와 아름을 좋아했지만, 그래서 그들은 아니었다. 그들이 같이 일하지 않는 사이이기에 조금 더 편하고 좋을 거라는 믿음이 있었다. 맞지 않는 면이 있을 뿐 그들은 좋은 사람이었고 나는 그들을 좋아했으므로.

아름은 자주 의심하는 사람, 민아 언니는 후회하지 않기로 결심한 사람 같아 보였다. 그렇기에 상대적으로 아름이 민아 언니보다 약한 사람처럼 보였다. 둘은 그런 다른 면이 있는 한 편 공통점도 있었다. 성실한 사람이라는 점. 민아 언니는 책임 감 때문에 성실히 살았고 아름은 자기를 의심했기 때문에 성실히 살았다.

내가 불성실하기까지 하면, 난 진짜 망할 거야.

아름은 그런 우스갯소리를 자주 했다. 망하면 뭐. 망하는 게 뭔데? 하고 심드렁하게 물었을 때 아름의 표정은 비장했다.

소중한 걸 다 잃는 거지.

민아 언니와 함께 일하던 회사를 그만두고 나와 함께 사진 작업을 하게 되었을 때도 아름의 그런 태도는 변함이 없었다. 잘하고 있으면서 왜 저러지? 의아했던 적이 한두 번이 아니었 다. 물론 아름이 완벽해서 의아했다는 것은 아니고. 아름은 자신의 불안대로 실수하거나 잘못하는 경우가 있었다. 그런데 뭐…… 실수나 잘못을 안 하는 사람이 있나. 자신의 잘못에 대해 무척이나 자책하는 편인 것 같았다. 언젠가 나에게 사진 에 대해 배우던 중 아름은 불쑥 대학생 시절 카페에서 아르바이트했던 이야기를 꺼냈다.

나 아직도 미안한 사람들이 있다. 얼굴도 모르는 사람들인 데. 그냥 모르는 사람들인데.

누군데?

나 대학교 때 알바하던 카페에 왔던 손님들. 퐁당 오쇼콜라가 유행일 때였어. 너 기억나? 퐁당 오쇼콜라.

알지. 안에 초콜릿 든 초콜릿 빵.

그걸 구워 내야 했는데 구워야 할 오븐 말고 다른 오븐에 잘못 구운 거야. 온도가 다르게 맞춰져 있었나 그랬어. 그래서 그게 따뜻할 땐 괜찮은데 식으니까 아주 돌덩이처럼 딱딱해져서, 그 손님들 그걸 반이나 남겼더라고. 원래 그런 디저트가 아니거든. 원래 식어도 부들부들하거든.

그게 그렇게 미안해?

가끔 생각나. 그때부터 나는 장인 정신이 별로 없었구나 싶어서. 주인 의식도 별로 없고. 그런 내가 한 사람을 위한 인형을 그리는 일을 했다니. 지금은 내 이름으로 내놓을 사진을 찍으려고 한다니…… 기분이 이상해질 때마다 그때 생각이 나.

너 겁이 많구나, 하고 말하려다가 그만두었다. 누군들 겁이 없겠어. 아름은 두려움을 털어놓는 데 제법 솔직한 편이었다. 민아 언니는 털어놓지 않았지만 언니를 보고 있자면 어렴풋하게 언니의 두려움이 보였다. 언니는 주인 의식도 있고 장인 정신도 있는 사람인 것 같은데도 그랬다. 그런 점에서 아름과 언니는 충분히 비슷해 보였다. 나로 말하자면, 장인이고 주인이고 같은 건 생각하지 않았다. 나는 되는대로 했고 그게 맞다고 믿었다. 그래서 내가 둘을 처음 봤을 때 나와는 맞지 않을 거라고 지레짐작했던 건지도 모르겠다.

두려움. 겁나는 일. 아름의 말은 그 말이 이미 지나간 뒤에, 바람에 흩날린 뒤에야 고요히 내 마음에 내려앉았다. 나는 뭘 두려워하지. 작업을 마치고 이불 속으로 기어들어가면 그런 걸 곰곰이 생각했다.

아름은 솔직했다. 속엣말과 내뱉는 말이 일치하지 않는 걸 못 견디는 편인 것 같았다. 싫으면 싫다고, 잘못된 것은 잘못된 거라고 말했다. 미안할 땐 미안하다고, 좋으면 좋다고, 부러우면 부럽다고 말했다. 그건 큰 장점이고 내가 따라갈 수 없는 미덕이라고 생각했다. 그러나 그 솔직함에 당황하지 않는 것은 아니었다. 솔직할 준비가 안 될 사람에게 솔직한 아름의 말은 미울 때도 있었다. 이를테면 아름이 나에게 진짜 예술가 같다고 말할 때. 거기에는 아름이 자신과 나를 가르는 선 같은 게 있는 듯했다. 그렇게 솔직하게는 말하지 마. 우리가 멀고 다르다고 말하지 마. 나도 안단 말이야. 나는 아름에게 그런 말을 하지 못했다.

그런데 말이야. 마음에 있는 말을 못하는 사람들이 있어. 말을 못해도 있는 마음 같은 게 있어. 그 마음을 아는 사람도 있고 모르는 사람도 있어. 알아도 말하지 못하고 몰라도 비슷한 걸 말해버리는 사람도 있어. 말하지 않아도 내가 느끼는 건 진짜야.

*

아름과 민아 언니를 생각하면, 그 둘 사이에 나를 끼워 생각하면, 서로를 생각하는 마음의 테두리는 비슷한 모양일 것 같다는 생각이 든다. 만두처럼 그 속을 채운 것들은 다를지라도. 서로 다른 마음이 세 개. 세 개의 마음. 나는 세 개의 마음이 어쩐지 둥그렇게 생겼을 거라고 상상하고. 그것은 맛이 다른 세 개의 만두일 수도 있지만, 가끔 그 둥근 마음으로 저글링을 하는 나를 상상한다. 마음을 던지고 받는 장면을. 허공에 떠 있는 마음과 손에 쥔 마음, 던져지는 마음과 떨어지는 마음, 떠나는 마음과 돌아오는 마음…… 리듬을 잘 지키면 척척척 마음들이 순서대로 자리를 바꿔 도착하지만, 리듬이 깨지는 순간 우르르 내 품으로 떨어지는 마음 세 개. 이름이 세 개. 상상 저글링은 긴장되고 짜릿하고 어설프고 곧잘 실패하지만 연습하면 잘하게 될지도 모른다. 마음을 잘 굴리고 잘 받게 될지도 모른다.

또 가끔 두 사람의 이름은 양쪽에서 나를 치는 추 같기도 하다. 각자의 속도로, 각자의 규칙으로 똑딱거리는 둥그랗고 단단한 구슬. 나에게 두 사람의 속도와 힘이 전해진다. 진동으로. 공기의 떨림으로. 그들이 툭툭 나를 칠 때마다 나는 자극을 받아 떨거나 생각하거나 묵묵히 가만있거나. 겉으로는 그

것들이 같아 보이겠지만. 추 하나가 멀어질 때 나는 바람소리
로 추의 무게와 속도를 가늠한다. 어디쯤 갔고 언제쯤 돌아올
지. 아름의 힘이 더 셀 때도 있고 민아 언니의 속도가 더 빠를
때도 있고. 그렇게 울렁울렁하며 그들이 나를 움직일 때가 있
고, 나는 양쪽에서 나를 흔드는 두 개의 추가 좋다. 가끔 그들
을 보면 마음이 바빠지고 그러면 바삐 흔들리는 두 추를 가만
히 붙잡아두고 싶어지지만 그러지 않는다. 마구 오가는 추를
구경하는 일이 더 좋다.

*

아름의 솔직함과는 별개로, 혹은 그 솔직함 때문에, 언제나
아름이 좋았지만 함께 일하는 동료가 되고 싶다는 생각이 든
건 아빠의 장례식 때부터였다. 저런 사람이 사진을 찍으면 좋
겠다고. 아름이 찍은 거라면 뭐든 좀 보고 싶어질 것 같다는
생각이 든 것은.

리페인팅 수업을 들을 땐 일주일에 한 번씩 만나 서로의 얘
기를 나누던 친구가, 그후로는 각자 사는 일이 바빠 일 년에
두 번 보는 것도 어려워진 친구가 갑작스러운 부고 문자에 한
달음에 달려왔다. 민아 언니와 함께. 그것만으로 나는 놀라웠
는데 아름은 나를 보자마자 그렁그렁한 눈으로 내 어깨를 끌

어안았다. 그러고는 힘들지, 했다. 토닥토닥 어깨를 두드리며. 나는 여전히 멍한 표정이었는데 내 표정을 보고 아름이 대신 줄줄 울어줬다. 너 왜 울어? 하니까 몰라, 하며 웃는 얼굴은 여전히 눈물로 젖어 있었다.

먼저 울어서 미안해……

아름은 말을 흐렸지만 나는 그게 고마웠다. 왜인지 나보다 뜨거운 아름의 두 손을 꼭 잡고 빨개진 그애 눈을 볼 때 이상하게 마음이 가라앉았다. 아름이 눈물 콧물로 꽉 막힌 목소리로 물었다.

해든, 괜찮아? 힘들지.

나는 고개를 가로저었다.

아니, 나는 괜찮아.

그렇게 말하고 나자 정말로 좀 괜찮은 것 같았다. 아름과 마주보고 첫 끼를 먹었다. 뜨거운 국에 밥 한 술을 적셔 오래 씹었다.

아빠의 장례식이 끝나고, 나는 지역을 돌아다니며 제사상을 찍었다. 우습지. 아빠가 제사에 참석하라고 윽박지르던 게 그렇게 싫었는데. 이제 내가 제사상 차리는 사람들의 손과 차려낸 상과 음식과 그걸 나눠 먹는 사람들을 찍고 있어. 나는 그 사진 덕에 알려지고 바빠졌다. 그리고 그만큼 외로웠다. 왜인지는 몰랐다. 아빠의 장례식 때 미처 못 운 것이 생각나고, 그러면 뒤이어 마음이 꽉 막혀서 눈물도 틀어쥐고 놓지 못하던 나 대신 울어준 아름이 생각났다. 아름과 함께 일하고 싶다는 생각을 하고 있었다. 아빠는 나에게 여전히 사진을 찍고 싶어 하는 마음과 사람을 좋아하는 마음이 남아 있다는 것을 알려주고 죽었다. 아빠를 다시는 볼 수 없다. 믿고 사랑하는 아빠.

아빠, 내가 사진을 찍기 시작한 건 아빠 때문이야. 내가 아주 어렸을 때 아빠가 에버랜드에서 항상 나 찍어줬잖아. 튤립 사이에서. 퍼레이드 단원 언니들이랑. 솜사탕 든 나를. 그땐 아빠 나 좋아헸잖아. 얼굴 가득 딸을 이만큼 사랑한다 그런 표정이 있었잖아. 그런 아빠의 얼굴이 담긴 오래전 사진을 생각하면, 그런 청승맞은 생각을 하면 언제나 울음이 터져나왔다. 이제 아빠를 볼 수 없다. 에버랜드 같은 곳엔 더더욱 갈 수 없다.

2부

추운 겨울
―우리가 몸을 웅크리는 이유

아름이 해든과 함께한 지도 벌써 세 계절이 지나고 있었다. 환경이 바뀐 이후 아름은 지역과 동선을 촬영으로 기억하게 되었다. 쉬는 날 서촌에 나온 날이면 들르거나 볼 수 있는 모든 곳―인왕산, 환기미술관, 석파정, 통인시장 골목―을 가리키며 저기 나 전에 촬영했던 곳이야, 저기도, 저기도……라고 동행에게 말하는 게 습관이 되었다. 혼자 걷는 날에도 익숙한 풍경이 보이면 눈을 가늘게 뜨고 속으로 생각했다. 그래 여기 거기지, 모란시장에서 촬영을 시작해 남한산성까지 올라갔었지, 하는 식이었다. 누군가가 강원도 원주에 거기가 뜨고 있잖아, 하고 말할 때면 어딘지 익숙한 느낌에 어……? 나 거기 아는데, 하고 가물가물하다가 그 대화가 모두 끝나고 나면 아

맞아 거기 촬영 때문에 갔었지, 하고 깨닫는 식이었다. 브랜드도 마찬가지였다. 이번에 그 편집숍 브랜드들 세일하잖아, 라고 하면 아 촬영 때 엄청 까다롭게 굴었던 게 그 브랜드였지⋯⋯ 하고 연결시키는 식으로. 말하자면 아름의 세계가 재구성된 거나 다름없었다.

딱히 다른 취미가 없어 집과 회사만 오가던 아름의 좁았던 세계에 인식의 범위를 넓힌 건 카메라였다. 실제로도, 상징적으로도. 가끔 책으로 도피하던 습관은 여전했지만 사진을 찍기 시작하고 나서 아름은 이전과 비할 수 없이 많은 책을 읽었다. 집으로 돌아온 밤이면 침대 옆에 엎어두었던 책들을 무작위로 집어들었다. 1910년대의 독일과 미국으로, 1960년대의 한국으로 들고났다. 여전히 모르는 사진가와 모르는 사진 작품이 많은 탓에 책에 쓰인 문장을 한 줄 한 줄 짚으며, 어렵고 느리게 페이지를 넘기며.

해든은 여전히 아침에는 토마토를 먹었고, 하루에 커피를 몇 잔씩 들이켜는 한편 비타민D는 꼬박꼬박 챙겨 먹었다. 오후에 지지부진 지루한 작업을 하다가 졸음이 쏟아질 때면 스튜디오 옥상에 올라가 담배를 피우며 스쿼트를 했고, 어깨가 뻐근한 날이면 팔 벌려 뛰기를 열 번 정도 하기도 했다. 그럴 때면 스스로가 웃겨서 좀 웃기도 했다. 이게 무슨 건강 제로섬 게임인지…… 내 인생은 언제나 그렇듯 모순덩어리 같다, 그렇게 생각하며 담배를 비벼 껐다. 옥상에서 내려와 스튜디오로 들어가면 입구 가까운 곳에 아름이 앉아 있었다. 그 모습은 이제 퍽 익숙하면서도 이따금 낯설게 느껴졌다.

아름은 누구보다 빨리 배우고 빨리 적응했다. 그러면서도 칭찬을 듣거나 사진이 좋은 평가를 받을 때면 아니야, 내가 무슨, 네가 알려줘서 그런 거지, 라고 대답하곤 했는데 그건 해든이 오래 들어온 아름의 화법에 비추어보았을 때 마음에 없는 겸양의 말이 아니라 진짜 그렇게 생각하는 것이었다. 그럴 때 해든은 아름의 인색함이 조금 답답했다. 너 잘한다고. 잘하면 잘한다고 말해. 나 잘하지? 라고 말해봐. 그렇게 말하고 싶은 충동을 꾹 눌러야 했다.

가까워질수록 느끼는 아니꼬움과 서운함. 아름에게 그런 걸 느낀다니 신기하고도 놀라웠다. 그럴 때면 아름과 조금 거리를 두려고 개인 작업에 집중했다. 그러고 있자면 말을 걸어오는 아름의 목소리가 평소보다 조금 조심스러운 것이 느껴지기도 했다. 둘 사이에 얇은 얼음 막 같은 게 있는 것 같았다. 마음의 온도에 따라, 그날의 기분과 컨디션에 따라 얼음 막은 녹아내리기도 하고 얼어붙기도 했다. 아름도 그걸 느꼈을까. 느꼈을 것이다.

언젠가 해든이 담담하게, 그러나 진심으로 아름에게 지금부터 작더라도 개인전을 구상하며 작업물을 준비해보라고 했을 때 아름은 외마디 비명처럼 손사래를 치며 거절했다.

내가? 벌써? 안 돼.

가시에 찔리기라도 한 것 같은 반응에 되레 놀란 것은 해든이었다. 또 시작이네. 삐죽 튀어나온 속마음을 누르려 애썼다. 너무 저러는 것도 별로야, 하고 생각하고 그렇게 생각한 자신에게 놀랐다. 그 말을 삼키려고 하다가, 생각이 바뀐 해든은 그 말을 했다.

왜 그래? 그리지 마. 너무 그리는 것도 별로야. 대단한 기하라는 게 아니라 원래 하던 거 하라는 거야. 스튜디오 들어오기 전에도 사진엽서 제작하고 그랬잖아.

그런 말을 했다. 조금 심한 표현이었지만 그래도 해야겠다 싶었다. 해든이 보기에 아름은 자신과 일하게 된 이후로, 정확히는 해든의 스튜디오에 자리가 생긴 이후로 묘하게 주눅든 것처럼 보였다. 자꾸만 엄마 손을 놓친 아이처럼 굴었다. 갑작스레 쏘아붙인 해든의 말에 당황한 듯한 아름에게, 해든은 조금 누그러진 목소리로, 하지만 여전히 그런 아름이 답답한 채로 물었다.

잘하면서 왜 이렇게 불안해해?

아름은 조금 움찔하고는 머쓱한 웃음을 지으며 대답했다.

못 즐겨서 그래. 내가 즐기질 못해, 예전부터.

얼마나 예전부터?

예전에 왜 어렸을 때, 엄마가 재워줄 때 있잖아. 얼른 자라고 머리 쓰다듬어주고, 귀 만져주면 잠이 잘 오잖아. 나 그걸 되게 좋아했거든. 따뜻하고 간질간질하고. 그런데 그 좋은 걸 못 누리고 항상 이 좋은 게 언제 끝날까 생각했어. 내가 아직 잠들지 않았는데 엄마가 그만하면 어떡하지, 하고. 엄마가 그만하기 전에 내가 먼저 잠들어야 할 텐데 걱정했어. 그런데 그러다보면 신경은 더 바짝 서고 감은 눈에 힘이 들어가서 잠이 안 왔지.

나는 엄마가 머리랑 귀 안 쓸어줬어.

퉁명스러운 해든의 대답에 그랬니, 하고 아름은 웃었다. 그렇게 말할 때의 아름은 해든 앞에서 주눅드는 사진 초보가 아니라 인생 선배 같았다. 언제나 다 괜찮다, 고 말해주는. 해든은 내가 나이가 더 많지 않나…… 아름의 여유로움은 왜 어디에서는 가능하고 어디에서는 가능하지 않을까 궁금했다. 아마 타인에게는 관대하고 자기 자신에게는 관대하지 못한 것이겠지. 해든이 살펴본바 아름은 자기 자신에게 항상 박했다. 해든이 한 말도, 아름을 탓하려고 한 말이 아니라 진짜 그런 경험이 없어서 한 말이었는데 아름에겐 역시나 날카로웠을 것이다. 아름은 또 자기를 탓하고 반성할 것이다. 해든은 또 한번, 너무 그러는 것도 별로다, 생각했다.

그렇게 사랑을 받았는데 왜 못 즐기는 거야.

글쎄⋯⋯ 하고 아름은 잠시 생각에 잠기더니 덧붙였다.

사랑을 두번째로 많이 받았는데, 그게 꼴등이었거든. 나는 항상 앞에 누가 있었어. 그것만 쳐다봤어. 그래서 못 즐기나 봐. 그냥 받으면 되는데.

너는 널 좀 믿을 필요가 있겠다. 다른 사람을 지나치게 크게 여기지 말고. 네가 민아 언니나 내 등을 볼 필요가 뭐가 있어. 우리 중에 리페인팅이랑 사진 둘 다 한 사람 있어? 취미로 말고 직업으로 말이야. 둘 다 한 건 너밖에 없어. 자신감 좀 가지라고.

성질에 못 이겨 답답한 마음에 머리를 쥐어뜯으며 말하는 해든을 보고 아름은 또 한번 웃었다. 저 정물 같은 미소. 아름이 왜 얼굴을 그리다가 얼굴을 찍게 되었는지 알 것도 같았다. 그 사람이 하는 일은 그 사람의 심성을 닮는 듯했다. 아름은 얼굴을 자세히 보고, 얼굴에서 많은 것을 읽고, 얼굴에 많은 걸 담고 있는 사람이다. 해든은 그런 아름을 좋아했다. 속 모를 사람이라도. 너무 신중해서 답답할 때가 있더라도. 자기가 뭘 가졌는지 모르고 내미는 손만 잡고 남의 등만 보더라도. 해든은 가끔 아름을 '신중하다'고 표현하고 스스로 그 표현에 질색할 때가 있었다. 왠지 그 말의 반의어는 '경솔하다' 같고, 아름의 반대엔 자신이 서 있는 것 같다는 느낌 때문이었다. 그건 자격지심인가. 불퉁한 마음으로 웹 국어사전에 '신중하다'를 쳐보기도 했는데, 별생각 없이 검색했던 게 도움이 되었다. '신중하다'의 사전적 의미는 '매우 조심스럽다'였다. 거기에는 무게도 가치판단도 포함되어 있지 않아서, 해든은 자신의 모난 생각을 고쳐먹을 수 있었다. 조심스러우면 그럴 수 있지. 남의 뒤에 서 있을 수 있지. 아름의 얼굴에 대고 손뼉을 쳐서 다른 곳을 보게 할 수 있다면 좋겠다, 그런 생각을 했다. 해든은 아름의 눈앞으로 짝, 하고 손뼉을 쳤다. 아름은 느리게 놀랐다.

깜짝이야.

할 거지?

……준비는 해볼게.

그래, 그거라도 좋아.

있잖아, 해든.

응.

내가 재능이 있을까?

아름은 아주 오래 품은 질문을 했다. 해든은 뒷목이 뻐근한 사람처럼 왼쪽 오른쪽으로 고개를 갸웃거리고 검은 눈동자도 왼쪽 오른쪽으로 굴렸다. 해든의 대답을 기다리며 아름은 무척 긴장했다. 아름의 긴장감, 자존심, 위태로움과 주눅든 공기를 만들어낸 단어가 '재능'이었다는 것을 해든은 그제야 알았다. 어쩌면 아름도 생각하지 않으려 애썼을 그것. 생각하지 않으려 할수록 계속 생각하게 되었을 단어. 머릿속에서 떠올리기만 하면 불안으로 가속도가 붙은 채 곤두박질치는 생각들. 그러니까 재능에 대하여, 재능의 여부에 대하여, 재능이 있다고 한다면 그 수치에 대하여. 그게 있다면 얼마나 있는 건지, 이렇게 뒤늦게 어영부영 뛰어들어도 되는지, 그런 것들을 혼자 물었을 아름이 상상되었다. 몸풀기 같은 동작을 하며 생각을 풀고 나서야 해든은 말했다. 아름에게 들려주고 싶은 말을 제대로 한 것인지 자신은 없었지만 최선을 다해 말했다.

아름, 재능은 그런 한 단어가 아니고 그 속에 무수히 많은 가능성이 포함된 단어인데, 네가 만난 사람들과 네가 다한 열심도 거기 들어가. 그러니까 우리가 무엇인가에 실패했다 해도 재능이 없는 게 아니야. 네가 바라는 성공에 필요한 재능이 없는 거지. 다른 여러 재능은 있을 거야. 그래서 재능은 항상 사후적일 거야. 되고 나야 그런저런 재능이 있었군, 하고 평가할 수 있거든.

*

아름은 해든의 말을 들은 날부터, 무척 기쁘면서도 이십사 시간 긴장 상태를 유지하는 사람으로 지내게 되었다. 그냥 해든에게 조언을 한 번 들은 것뿐인데, 곧장 내일모레 개인전을 하는 사람처럼 두근거리고 떨려서 어쩔 줄을 몰랐다. 정신은 몸을 왜 이렇게까지 지배하는지…… 아름은 혼자 가만히 있다가도 문득 떠오르는 그날의 장면을 쉴새없이 반복 재생했고, 그럴 때마다 심장박동이 빨라지고 머릿속에 문장들이 팽팽 돌았다. 어떻게 하지? 어떻게 준비하지? 스튜디오 일을 마치는 대로 뭐부터 해야 하지? 나에게 원하는 게 뭘까? 내가 뭘 잘할 수 있을까? 호흡이 가쁘다못해 스스로가 찍어낸 물음표에 질식할 것 같았다. 빨개지는 얼굴과 두근대는 가슴 탓에 몇번이고 심호흡을 해야 했다. 평정심, 평정심을 찾고 싶었다.

해든의 그 말은 멀리 보고 너의 것을 찾으라는, 당연한 조언이자 지나가는 말에 불과했지만 아름은 조바심이 난 탓에 그것을 '하산해라'에 가까운 의미로 들었다. 일을 하는 동안 나에게 재능이 있을지, 진짜로 이 일을 이해하고 이해하는 걸 넘어 뭔가를 만들어낼 수 있을지 의심과 불안 속에 하루하루를 보내왔기 때문이었다. 그런 상태의 아름에게 해든의 말은 너무 달콤했다. 그것을 갈구하는 사람에게 필요한 딱 한 방울의 인정이 아니라 그보다 몇 스푼 넘치는 말이어서, 달콤한 독이 될지도 모르는 말. 과도한 긴장 상태의 사람은 몇 방울의 물에도 체하는 법이었다.

그러므로 어쩌면 당연한 일인지도 몰랐다. 아름의 긴장한 마음이 결국 사고를 치게 만든 것은. 어쩌면 내내 품어온 긴장감은 이내 사고를 불러오는 작은 진동에 다름 아닌지도 몰랐다. 잘 봐야 한다고 지나치게 긴장한 시험은 꼭 망치게 되는 것처럼, 누군가의 눈밖에 나면 안 된다는 지레 겁먹은 마음이 꼭 그 누군가의 눈밖에 나게 만드는 사고를 치게 하는 것처럼 말이다.

해든에게 들어온 잡지 인터뷰 촬영 일이었는데 그 관계도는 아름에게 언제나 조금 복잡했다. 잡지 에디터가 프리랜서 인터뷰어에게 지면을 맡기고, 프리랜서 인터뷰어가 알아서 인터뷰이와 프리랜서 사진작가를 섭외해 지면을 꾸린다. 해든과 아름은 건너건너 아는 인터뷰어에 의해 섭외되었다. 아름은 그럴 때마다 잘 보여야 할 사람이 너무 많아 문득문득 정신이 아득해졌다.

이런 생각 말고 할일이나 잘하면 되는데…… 눈치보는 습관은 한 번에 떨치기가 여간 어려운 게 아니었다. 이번에 촬영해야 하는 인물은 독일과 한국을 오가며 갤러리를 운영하는 젊은 큐레이터였다. 마주한 순간부터 보통 사람과 다른 아우라를 풍기는 큐레이터를 보고 아름은 정신 똑바로 차려야겠다고 생각했다.

아름의 긴장감은 촬영을 하고, 기자와 큐레이터가 전시와 작품, 작가들에 대한 이야기를 주고받는 동안 점차 풀어졌다.

그들이 나누는 이야기 속 큐레이터의 취향과 철학을 듣는 일도 재미있었다.

베를린에서는 주로 『소학』을 읽었어요. 쉽고 재밌어요. 한시도 다시 읽어보려고 한자를 배울까 생각중이에요. 모양도 예쁘고 의미도 좋잖아요. 동양철학이 유럽 예술계에 스민 지는 아주 오래됐어요.

이런 말들을 듣는 게 신기했다. 촬영을 마친 무렵 해든은 큐레이터와 인터뷰를 담당한 프리랜서 기자와 몇 번이고 인사를 주고받았다. 기자와 큐레이터 모두 해든의 분위기와 촬영 스타일에 흡족해하는 듯했다. 큐레이터는 해든에게 다음에 이곳에서 전시를 열면 초대할 테니 명함을 달라고 하며 자기 명함을 건넸다.

기자가 앞으로의 일정을 설명하려고 하는데 해든의 휴대전화가 울렸다. 다음 촬영의 클라이언트였다. 해든은 아름에게 일정 설명을 듣고 알려달라고, 그리고 장비를 마저 정리해 내려와달라고 했다. 아름은 해든 대신 기자의 설명을 꼼꼼히 적었다. 꾸벅꾸벅 수차례 인사한 뒤 카메라를 가방에 집어넣고 조명을 챙겼다. 그런데 노트북에 연결된 선을 무심코 당기던 순간, 선이 기자의 발목을 건드렸다. 기자가 어머! 하고 놀라 넘어질 뻔한 동시에 벽 아래에, 해변에 밀려와 부서지는 파도의 포말처럼 아름답게 세워져 있던 도자기 그릇 중 하나를 쳤다. 그릇은 소리도 없이 깨졌다. 순식간이었다.

큐레이터는 놀라 뜨악한 표정이었다. 아름도 얼마간 굳어 있었다. 그래 봐야 이삼 초 정도였지만 그 순간이 영겁 같았다. 누가 먼저 움직이기 시작했는지도 모를 일이었다. 아름은 눈앞이 거의 팽팽 도는 것 같았다. 뇌가 멈춘 것 같은데 입은 제멋대로 말을 뱉고 있었다. 얼굴이 순식간에 달아오르고 말이 엎치락뒤치락 나갔다. 더듬더듬. 문장은 완성되지 않고 웅얼웅얼 맴돌았다.

죄송해요, 죄송합니다, 큐레이터님…… 이거, 제가 변상할게요. 당연히 그래야 하는 거지만…… 하나밖에 없는 작품을…… 정말 죄송합니다…… 뭐라고 드릴 말씀이…… 정말 죄송합니다……

아, 아니에요.

큐레이터의 표정은 오묘했다. 이미 포기한 것인지, 어쩔 수 없는 걸 알지만 언짢은 것도 어쩔 수 없는 것인지, 아니면 그보다 꽤 적극적으로 별 거지 같은 것 때문에 재수 옴 붙었다고 생각하는지 알 수 없는 일그러진 표정이었다. 다른 사람이 짓는 떨떠름한 표정을 보는 것이 얼마나 지옥 같은지. 왜 항상 이런 실수는 나만 하는 것 같은지. 아름은 귀까지 빨개진 채로 연신 고개를 숙였다. 그것밖에 할 수 없었고, 그것도 하지 않으면 시뻘개진 얼굴이 터질 것 같았다.

정말 죄송합니다.

정말 괜찮아요. 다른 거 더 안 깨진 게 다행이지.

어느 정도 표정이 누그러진 큐레이터가 손가락 끝까지 빨개진 아름의 손을 토닥였다. 큐레이터가 일러준 신인 도예가의 작품 가격은 그렇게 높은 편은 아니었다. 잡지사에서 요청한 사진은 다섯 장가량이었고 작업료는 한 컷에 십만원. 도자기 그릇은 그날의 작업료 정도였다. 큰맘 먹고 비싼 그릇을 사겠다 했을 때 지불할 수 있을 정도의 가격이었지만, 그 두 배 세 배가 되었어도 아름은 그 자리에서 당장 물어냈을 것이었다. 아름의 머릿속에 가격 같은 건 없었다. 자신이 저지른 실책만이 있었다. 다른 생각을 할 틈도 없이, 큐레이터가 알려준 작품 가격에 십만원을 더 보태어 지불했다.

이러지 않으셔도 되는데……

큐레이터가 몇 번이고 사양했지만 아름은 물러설 수 없었다. 빚을 지는 일은, 흠을 보이는 일은 무서웠다. 그렇게라도 갚아 얼른 후련해지고 싶었다. 실랑이가 오가다가 큐레이터가 물러섰다.

알았어요, 작가님에게 팔린 걸로 전달할게요.

정말 감사합니다.

짧은 실랑이 끝에 큐레이터가 평정을 되찾은 것이 눈에 보이자, 곧이어 이 일을 해든에게 어떻게 말해야 할지 아득해졌다. 아직 보지 않은 해든의 표정을 상상하자 뒷목부터 척추 하나하나가 뻣뻣해지는 듯했다. 스스로가 너무 싫어 울고 싶은 심정이었으나 온몸의 수분이 증발했는지 눈물도 나오지 않았다. 큐레이터의 만류에도 불구하고 기계처럼 몸을 움직여 깨진 그릇 조각을 모았다. 그 정도만 해요, 하는 큐레이터의 목소리에 질린 기색이 묻어 있는 듯해 사람들이 지나다니지 않을 전시장 구석에 깨진 조각들을 쌓아두는 것으로 그쳤다. 흰 전시장에 오도카니 놓인 깨진 그릇 조각은 마치 날카로운 사금파리로 쌓은 탑처럼 보였다.

그쯤 하면 돼요. 나머지는 제가 직원 시켜 치울게요.

큐레이터는 그렇게 말하고 해든을 찾았다. 잡지기자가 연락해보았지만 여전히 통화중인 것 같았다. 오지 않는 해든을 뒤로하고 기자와 큐레이터가 아름에게 짧은 인사를 전한 뒤 먼저 나갔다.

어시님, 너무 걱정 마세요. 괜찮으니까.

해든씨에게는 나가며 인사할게요. 어시님도 들어가세요. 오늘 고생 많으셨어요.

……고생 많으셨습니다.

사진 셀렉트 일정은 해든씨에게 따로 물을게요. 정말 신경쓰지 말아요.

……들어가세요.

아름은 꾸벅, 인사를 하고 오래 몸을 숙이고 있었다. 영원히 고개를 들고 싶지 않았으므로 최대한 천천히 몸을 일으켰다. 그런 아름을 지나 잡지기자와 큐레이터가 식사나 하실까요? 좋죠, 고기 드시나요? 그렇게 두런두런 이야기하며 사라져갔다. 그들의 등도 제대로 보지 못한 채 아름은 달아올랐던 손을 쥐었다 펴보았다. 손바닥은 벌써 땀에 젖어 있었다. 등과 정수리도 마찬가지였다. 온몸의 구석구석이 조금 식고 나서야, 그 짧은 순간 내내 열이 오를 대로 올라 있었다는 걸 알았다. 이대로 해든이 돌아오지 않기를 바랐다. 그저 해든에게 이 잘못을 들키고 싶지 않다는 생각뿐이었다. 좋은 동료가 되고 싶었는데. 그마저도 잘하지 못하는 것 같아 눈물이 쏟아질 것 같았다. 왜 이렇게 항상 자신이 없는지. 어째서 약한 마음이라도 추스르려고 할 때 스스로 망치게 되는지. 한참 동안 휑뎅그렁한 전시장에 서 있던 아름은 뒷주머니에 넣어둔 휴대전화의 진동에 화들짝 깨어났다. 정리할 것 더 없으면 내려오라는 해든의 전화였다.

부랴부랴 정리를 마무리하고서 놓친 것은 없을까 하는 마음에 전시장 쪽을 뒤돌아봤다. 자기도 모르게 카메라를 꺼내들었다. 그러고는 구석에 얼기설기 쌓인 사금파리 탑을 찍었다. 찰칵, 찰칵찰칵. 그뒤에야 천천히 전시장을 나왔다.

결국 아름은 아직 멀었느냐는 해든의 전화를 받고 주차장에 내려가서까지, 그 일을 해든에게 말할 수 없었다. 차마 입이 떨어지지 않았다. 변상을 했으니, 내 선에서 처리했으니 없던 일로 할 수 있지 않을까? 하는 생각도 했다. 그 생각 덕에 안심하기도 했다. 그지 두방망이질치는 마음에서 벗어나고만 싶었다. 얼마 지나지 않아 바보 같은 생각이란 걸 알게 됐지만, 그때는 알지 못했다.

*

해든이 그 일을 알게 된 건 잡지사에서 셀렉트한 사진의 리터칭을 요청해왔을 때였다. 촬영한 날로부터 일주일이 지나 있었다. 기자는 메일 끝부분에 같이 오신 어시님께 너무 마음 쓰지 마시라고 전해주세요, 라고 덧붙여 보냈고 그것을 본 해든이 아름에게 물었다.

이게 무슨 말이야?

그제야 아름은 설명할 수밖에 없었다. 덮어놓고 지나가고 싶었던 마음과 달리 현실에서 그런 일은 벌어지지 않았다. 숨길 수 있는 것은 없다, 아무래도 그렇지. 아름은 수치심을 애써 누르며 해든에게 털어놓았다.

해든은 한참 동안 말이 없다가, 왜 그때 이야기하지 않았느냐고 물었다. 그 말투와 표정이 싸늘한 것 같아 똑바로 볼 수가 없었다. 그런 자신이 배로 부끄러웠다. 정말 배짱이라곤 없구나…… 솔직하게 말하는 일에 이렇게 에너지가 들다니. 너무 별로다. 자책이 끝없이 꼬리를 물었다.

……말이 안 나왔어. 이상하게 그런 걸 못 털어놓겠더라고. 내가 실수했다고, 잘못했다고 내 입으로 말하기가 왜 이렇게 어려운지 모르겠어. 미안. 속이려던 건 아니었어…… 그냥 그렇게 혼자 해결할 수 있으면 해결해야 한다고 생각했어. 너한테 해를 끼치면 너무 부끄러워서 죽을 것 같아서……

아름, 그런 문제가 아니야. 우리는 같이 일하는데, 그런 일이 일어나도 네가 혼자 해결하는 건 있을 수 없어. 보낸 돈 절반은 내가 아름 계좌로 넣을게. 그리고 앞으론 절대 그러지 마.

응, 정말 미안.

괜찮아. 그냥…… 다음부턴 조심해줘.

해든은 최근 겪었던 몇몇 순간들처럼 이번 역시 아름에게 짜증이 났는데, 아름이 현장에서 사고를 쳐서는 아니었다. 이런 질책을 들을 때 그만 위축되었으면 싶다는 게 (혹은 적당히 위축되었으면 좋겠다는 게) 솔직한 마음이었다. 적당히 위축된다는 게 뭔지 해든도 잘 알 수 없었지만. 그편으로 보면 아름 역시 그 나름의 최선으로, 애써 괜찮은 표정으로 고개를 끄덕였지만, 해든에게 실수나 잘못을 털어놓는 게 여전히 힘들고 어렵다는 걸 알 수 있었다. 해든의 목소리는 미세하게 떨렸고 두 뺨은 붉어져 식을 줄 몰랐다. 해든은 자신이 바라는 바와는 달리 자신의 마지막 말 때문에 아름이 한번 더 위축되는 걸 알았다.

동료이고 친구인 동시에 아름에게 하나하나 가르쳐줘야 하고 아름의 능력을 나름의 기준으로 바라봐야 하는 입장에서, 해든에게는 그전까지는 알지 못했던 아름의 다양한 성격들이 보였다. 이번 같은 경우, 아름은 늘 과도하게 긴장했다. 해든은 그의 솟은 어깨를 내려주고 떨리는 등을 쓸어주고 싶었지만 그러지 못했다. 말은 마음만큼 다정하게 나오지 않았다. 둘 중 뭐가 더 중요한지는 모르겠지만, 실수하지 않는 것만큼 긴장하지 않는 것도 중요하다고 생각했기에 그랬다.

아름에게 지적을 하고 나면 해든의 속도 편하지 않았다. 그런 날에는 운전하는 차 안에서 드뷔시의 곡들을 틀어두었다. 드뷔시를 들으면 마음이 좀 폭신해졌다. 스스로를 달래주고 싶을 땐 그의 곡을 들었다. 빠르고 피치가 높은 바이올린 소리가 너무 앞으로 나오는 곡은 빼고. 그건 오히려 긴장하게 하니까. 마음을 달래주는 음악을 아름에게 알려주고 싶기도 했다. 그런 생각을 속으로만 하다가, 주저하는 마음을 누르고 용기를 내어 말했다.

자책하지 마.

……

그런 건 조심하면 되는 거지 자책할 일이 아니잖아.

아름은 그제야 조금 웃었다. 작게 한숨을 내쉬며 바짝 굳어 있던 어깨가 내려앉는 게 보였다. 친구에게 지적하는 입장도 힘들지만, 친구에게 지적받는 입장은 더 힘들지 않을까. 해든은 아름의 시간을 생각해보았다. 민아와 함께 일할 때도 항상 민아에게 배우는 입장이던 아름, 이제는 자신의 스튜디오에 와서 자신이 세운 원칙과 일하는 방식을 배워야 하는 아름을. 친구일 때는 볼 수 없던 흠 같은 것, 수십 년 산 나무의 깊은 옹이 같은 것을 볼 때마다 친구일 때는 생각지도 않았던 뾰족한 마음이 그를 향했지만, 그 흠까지 포함한 아름의 어딘지 고집스럽고 어수룩하고 열심인 모습을 보며 해든은 생각했다. 나는 저 사람을 미워해봐야 오래 미워할 수 없다는 것을.

*

어찌 보면 당연하게도 아름의 예상만큼 최악의 일은 일어나지 않았지만, 해든에게 큰 질책을 듣지도 않았음에도 아름은 좀처럼 그 일을 지울 수가 없었다. 밤에 누우면 왜 그렇게 바보처럼 대응했을까, 솔직하지도 못하고 담담하지도 못하게, 하는 자책을 줄곧 했다. 해든이 자책하지 마, 라고 당부했으나 하지 않는 일이 쉽지가 않았다. 밤에 누워 전시장에서 그릇을 깬 순간을 거듭 복기하다보면, 머릿속에서 기억의 테이프를 감을 수 있을 만큼 감아 어린 시절까지 가는 일이 빈번했다. 자책은 그런 일을 가능하게 했다. 나는 왜 이럴까, 나는 왜 나인가, 언제부터 이 모양이었나, 그런 질문을 반복하다보면 어릴 때도 그랬나, 하는 질문까지 가닿게 되었기 때문이다. 그러면 항상 과거의 같은 시간대로 돌아가야만 생각이 멈추었다. 그것은 잠들지 못하는 밤, 아름의 루틴이나 마찬가지였다.

아름이 가닿은 유년 시절의 기억은 역할놀이를 하던 때였다. 몇 살인지 기억조차 나지 않는 어린 시절부터, 초등학교에 입학한 뒤에도 한참이나 아름은 역할놀이를 가장 좋아했다. 학년이 바뀌어 새로운 친구들이 생겨도 역할놀이는 이어졌다. 미취학 아동 시절에는 주로 그림책에서 본 이야기로부터 배역을 구했다. 전래동화를 주로 봤기에 맡는 역할은 대체로 가난하거나 부모를 여읜 고아였다. 가난한 나무꾼, 가난한 선비, 가난해서 도깨비에게 팔려가는 딸이나 부모나 서방을 여읜 미모의 여인. 친구들과 색연필을 쥐고 그림책에서 본 무너지기 직전의 초가집을 그리며 이게 우리집이야, 하고 놀았고 옷에 짧은 선을 그어 누더기를 표현하며 이게 우리 옷이야, 하고 무척이나 진지하게 몰입했다.

즐겨 보는 게 그림책에서 티브이가 되어도 마찬가지였다. 티브이에 김건모나 조성모 같은 가수가 나오고 그것이 멋져

보이면 김건모가 되기도 했다. 장나라가 가난한 어린 소녀로
나오는 드라마가 재미있으면 성냥팔이 소녀 같은 역할을 맡았
다. 핑클이 나오는 쇼 프로를 본 밤에는 핑클에서 누구 역할을
할지 고민했다. 어마어마한 고민과 집중력과 몰입과 상상력으
로 인물을 선택한 뒤 마음대로 놀았다. 아름은 그중에서도 티
브이에서 본 인물과 동화에서 본 상황을 섞는 걸 가장 좋아했
다. 솔로 가수인 채로 태풍이 몰아치는 태평양을 항해하는 배
에 타고 있기도 하고, 가난한 소녀 가장인 채로 마법을 쓰기도
하며, 멋진 남자인 채로 공주를 구하러 모험을 떠나기도 했다.
함께 어울리는 친구가 다섯이면 〈세일러 문〉에서 누가 될까
고민했다. 셋이라면 〈웨딩피치〉 중에서 누가 될까를, 둘이라
면 〈천사소녀 네티〉에서 네티를 할까 세인트를 할까 고민했
다. 상황과 배역은 무궁무진해서 그때마다 끌리는 걸 선택할
수 있었다.

그리고 시간이 훌쩍 흐른 어느 날, 역할놀이는 갑자기 끝난
다. 누가 더 신나는 걸 알려준 것도 아닌데, 역할놀이는 순식
간에 재미없어진다. 아름도 친구들도 더이상 현실에 없는 캐
릭터, 동화 속 캐릭터나 좋아하는 연예인을 상상하고 흉내내
고 즐거워하는 놀이에 몰입하지 못한다. 그러나 역할놀이가
완벽히 끝난 것은 아니다. 그즈음부터는 전혀 다른 역할놀이
가 시작된다. 나 자신이라는 역할. 너 누구 할 거야? 라고 누

군가가 묻는다면, 나는 한아름, 하고 단숨에 대답하고 맡은 캐릭터에 대해 설명할 수 있어야 하는 것이다. 나 자신이라는 캐릭터. 그 캐릭터는 단일 배역이 아니어서, 공주나 모험가나 가난한 선비를 번갈아 맡을 때보다 더 많은 역할을 수행해야 한다. 이를테면 좋은 친구, 좋은 애인, 좋은 직업인, 좋은 동료…… 그외 등등을, 심지어 그 많은 역할들을 동시에 해내야 한다. 아름은 처음으로 나는 나라는 역할을 맡았구나, 하고 느꼈던 때의 어색하고도 낯선, 그러면서도 새로운 것에 눈뜬 느낌에 신기하고 달뜨던 때를 떠올렸다.

역할놀이를 그만둘 무렵부터 품어온, 그러니까 꽤 오래 품고 있던 생각을 다시 한번 머릿속에서 재생시키며, 어둠속에 누운 채로 아름은 자신이 깨뜨린 그릇 파편을 찍은 사진을 한참 들여다본다. 역할이라는 거 정말 어렵지. 그 역할로 인정받고 싶을 때는 더욱더, 그러던 중에 넘어졌다고 생각하면 더욱더, 자괴감에서 회복되기가 힘들었다. 그러다가 이런 깨달음도 좀 낯설지가 않다는 것을 깨닫는다. 그래, 이 생각도 언젠가 했던 생각이다. 생각이 돌아왔다. 직업을 바꿨는데도. 어라, 지난여름에 했던 생각이 또 똑같이 도돌이표. 민아에게 게으르고 나태하고 뭉개져 있는 자신의 모습을 들키기 싫다는 마음으로 그곳을 떠나왔는데, 여전했다. 나라는 캐릭터라는 거 정말 지겹고도 낯설지. 그런 애라는 거 아는데도, 모른다.

그게 마음에 들지 않았다.

몇 번이고 그날의 일을 복기하느라 선잠을 잔 다음 날, 잠이 부족한 탓에 아름은 컨디션이 좋지 않았지만 그래서 또 실수를 할까봐, 절대 실수하고 싶지 않다는 마음으로 잔뜩 긴장한 채 하루를 보냈다. 퇴근을 한 그날 저녁 아름은 입과 위장이 까끌 거리는 것을 느끼면서도 기어이 속에 뭔가 집어넣고 싶었다. 헛헛함을 견딜 수 없었다. 무작정 걷다가 한눈에 봐도 오래된 것이 느껴지는 작은 가게에 들어갔다. 두붓집이었다. 청국장을 시키자 덤으로 순두부 한 그릇이 나왔다. 순하고 고소하고 하 얀 김이 오르는 순두부를 한 숟갈 떠서 입에 넣고 혀와 입천장 으로 으깨자 따뜻함이 입안 가득 퍼졌다. 순두부보다는 낮은 온도의 눈물 한 방울이 흘러 코 옆으로 지나갔다. 스스로가 너 무 바보 같다는 사실을 무시하고 지나갈 수가 없었다. 두붓집 을 나서서, 할퀴어진 마음을 안고 돌아가는 길에 아름은 휴대 전화 메모장에 이렇게 적었다. '온몸 각질 제거. 얼굴부터. 로 션 듬뿍 바르기. 온몸 전체'. 환절기가 지나가고 얼굴이 찢어질 듯 건조한 계절이 왔다.

*

집에 돌아가 로션을 듬뿍 바르고 아름은 가만히 앉아 있었다. 마음이 소란해서 몸이 느리게 움직였다. 이런 건 죽어도 익숙해지지 않을 거야. 아름은 생각했다. 다만 생각하고 생각하는 방법밖에 없었다. 아름은 다른 사람들에게는 사소한 일도 질릴 때까지 생각했다. 그것이 아름이 자신에게 벌어진 일을 이해하는 방식. 그 말을 들어야 했던 자신을 돌이켜보고 그런 말을 해야만 했던 해든을 상상해보았다. 그러고 나서야 진이 빠져 슬픔과 시무룩함에서 빠져나올 수 있었다. 나름대로 습득한 사회생활의 방식이었다. 동료로 인해 우울감을 받았을 땐, 혼자 그 속에 깊숙이 앉아 있기. 무엇 때문에 그렇게 부끄러웠는지 오래오래 생각하기. 해든과 민아처럼 회사를 운영하며 만든 원칙은 아니지만 구성원으로서 그들과 함께한 아름에게도 나름의 원칙이 있었다. 다음날은 무조건 활짝 웃기. 그것이 아름의 방식이었다. 좋은 방식인지 아닌지는 알 수 없었지만.

늦은 밤 혼자서 생각을 하다보면 여지없이 스스로 부풀린 불안감과 불만이 아름을 휘감았다. 왜 이런 일은 나에게만 있는 것 같지. 민아와 해든은 혼자서 척척 잘해내는 것 같고 항상 나만 모자란 것 같지. 일터로부터 온 안 좋은 생각은 여지없이 관계에도 자격지심을 불러왔다. 역시, 오래전부터 해든과 민아는 서로 비슷한 면이 있고 서로 통하는 게 있고 모종의 신뢰와 존중이 있어 보였다고. 그들이 나에게 보여주는 표정과 서로에게 보여주는 표정은 달랐다고 말이다.

아름은 심지어 아주 오래전, 민아에게 일을 배울 때 가장 자신을 화끈거리게 했던 장면까지 불러내 재생시켰다. 아름의 작업이 알려져 주문량이 점점 늘어가던 어느 날이었다. 함께 점심을 먹던 중 민아는 아름에게 이렇게 말했다.

들뜨지 마.

민아에게 그 말을 들었을 때, 풍선이 핀에 찔린 듯한 뜨끔함 같은 것이 아름을 사로잡았다. 아주 순식간이었다. 아름은 당황한 모습을 보이지 않으려 애썼다. 하지만 예나 지금이나, 그게 잘 된 적이 없었다. 시간이 지나 그 말을 곱씹을 때의 아름은 내심 서운하고, 나름 억울하고 그리고 무엇보다 조금 굴욕적이었다. 내가 뭘 했다고……? 그즈음 들뜬 티가 날 수도 있었다고는 당연히 생각했다. 하지만 일이 익지 않아 그냥 처신이 별로였던 건지 정말로 들떴기 때문인 건지 함부로 판단하는 건 좀 나쁘다고 생각했다. 그래, 가끔 선배가 좋게 말해주지 않을 때가 있지. 그렇게 스스로를 다스렸다. 좋게 말한다는 건 상냥하고 친절하게 말한다는 뜻이 아니라, 생각한 바를 처음부터 끝까지 충분히 말해준다는 뜻이었다. 아름은 그렇게 생각했다.

그때도 그런 게 서운했던 것 같아. 모르는 게 많은 후배의 입장에만 있어온 아름은 늘 그런 순간에 시무룩해졌다. 시무룩해졌다는 표현은 너무 귀여운 것인지도 몰랐다. 함께 일한다는 건 좋지 않은 소리도 주고받아야 한다는 걸 뜻했다. 그런데 아름은 그럴 때마다 번번이, 처음 듣는 사람처럼 수치심에 얼굴을 물들이고 자괴감에 괴로워했다. 조금만 더, 충분히 말해주면 안 돼? 하고 청하지도 못하면서. 민아와 해든과의 관계는 그냥 회사 동료나 선후배, 상사와 부하 직원과는 확연히 —동시에 은근히—달랐기에 직장에 다니는 다른 친구들에게 이야기하면 회사가 원래 그렇지 뭐, 하는 대답의 변주만이 돌아왔다. 그런 대답은 아름을 한층 더 외롭게 했다.

자리를 겹쳐두는 건 좋기도 하지만 나쁘기도 해. 조금만 슬프면 될 걸 좀더 슬퍼해야만 다음날 다시 웃는 얼굴을 할 수 있다는 점에서. 그런 생각을 하며 아름은 스스로의 구겨진 얼굴, 실망감과 수치심과 굴욕감이 뒤섞인 얼굴을 싹싹 펴보려고 노력했다. 감정적으로 굴지 말자…… 그런데 그런 말을 되뇌다보면 저 밑바닥, 보이지 않는 한구석에서 숨을 참았다 터뜨리는 듯한 속마음이 들렸다. 왜 맨날 걔네만 퉁명스럽게 굴고 나는 못하는데! 그런 속마음에 귀를 기울이면 조금은 시원했으나, 아무도 보는 사람이 없음에도 빠르게 부끄러워졌다.

해든과 민아에겐 원칙이 있고, 나한테는 없기 때문이지. 볼멘소리를 하는 아름에게 대답하는 것 역시 아름이었다. 해든에게 이런저런 지적을 듣고 나면 혼자서 늘 그런 식으로 마음을 가다듬었다. 그런 말을 하는 쪽은 마음이 편하겠느냐고, 상대에게 이상한 미움을 품지 말라고, 그렇다고 혼자 너무 주눅 들지도 말라고. 달래는 듯 훈련시키는 듯 그 사이 어디쯤을 오가는 말들로 울룩불룩 뱃속에서 돌아다니는 감정들을 절제시켰다. 아름은 자신이 이런 식으로 알아서 속상해지는 타입의 사람임을 알았다. 해든에게 사진을 배우기로 결심하면 해든이 정해둔 작업의 원칙들도 함께 배워야 하는 거란 걸 알고 있었다. 민아와 있을 때도 비슷했으니, 어떤 집단에 가도 비슷할 거라는 사실도 알았다. 그래도 냉정한 말을 마주할 때마다 가슴이 철렁하는 건 어쩔 수 없었다.

생각에 생각을 거듭하자 소용돌이 같던 마음이 조금씩 가라앉았다. 스스로를 들볶아 지치는 것인지도 몰랐다. 혼자서 작은 말도 크게 부풀려 서러워하고 미워하다보면 그런 스스로가 무척이나 쪼잔하고 쪼잔한 데에 열심이어서, 그러니까 자기 마음 구제하는 데에만 정신이 팔린 모습이 좀 멋없고 열없어 보여서 이전에 받은 서운함과 원망 같은 걸 잊게 되곤 했다. 남으로부터 받은 수치심을 나로부터 받는 수치심으로 잊기. 그게 아름의 처세라면 처세였다. 다른 사람에겐 어떨지 몰라도 그 방법은 아름에겐 잘 들었다. 설움, 원망, 억울함, 수치심, 자괴감…… 또 뭐라고 표현할 수 있을까? 민아나 해든 같은, 선배의 자리에 있는 동료들이 아름의 태도나 업무에 대해 지적할 때 단숨에 느껴버리는 것. 아름이 유독 예민하게 반응하고 불에 덴 듯 놀라는 것은 그 개개의 지적 때문이 아니라 그 지적이 담고 있는, 아름을 향한 '만족스럽지 않음'이라는 평가 때문이었다. 그런 건 곰곰이 생각하다보면 알 수 있었다. 꼬인 속을 살살 따라가 마침내 알게 되면, 속시원한 해결책은 없으나 어느새 해결책 없이 시원해져버린 속을 마주하게 되었다.

*

좀처럼 눈이 내리지 않는 겨울이 계속되고 있었다. 눈이 내릴 듯 말 듯 뿌옇고 무거운 하늘만 계속되는 겨울. 누군가는 좋아하지 않겠지만 해든으로서는 썩 싫지 않았다. 겨울은 해든이 찍는 피사체들의 배경으로 무척 잘 어울렸기 때문이었다. 겨울이 시작되고 해든은 스튜디오로 들어오는 작업 외에도 혼자서 폐허가 된 도시 풍경들을 찍으러 다니느라 바빴다. 그런 이유로, 눈코 뜰 새 없이 바쁜 탓에 아름에게 틈틈이 자기 작업물을 찍으라고 해놓고는 한 번도 함께 봐준 적이 없었다. 서로가 각자의 작업을 알아서 하는 것이 당연하긴 했으나 해든은 아름이 자신의 말에 얼마나 영향을 받고 있는지 알고 있었다.

해든이 아름이 띄워놓은 사진들에서 민아를 발견한 건 크리스마스가 다가올 무렵이었다. 해든은 눈에 띄게 무심했던 게 미안한 마음에 아름에게 스튜디오가 쉬는 날, 서로가 찍은 사진을 함께 감상하자고 말했다. 아름은 당연히 좋다고 말하면서도 걱정스러운 동시에 들뜬 표정이었다. 아름은 뭘 찍었을까, 나와 함께하는 동안. 렌즈 여러 개가 든 가방과 반사판과 조명을 들고 다니면서. 언제나 작업한 사진을 확인할 수 있도록 노트북을 이고 지고 다니면서. 스튜디오로 걸려오는 문의 전화를 받고 사진 수업을 들으면서. 남는 시간은 어떻게 찍혀 있을까. 꺼내 보이지 않던 걸 꺼내 보일 생각에 해든도 어느새 들떠 있었다.

스튜디오의 블라인드를 걷으면 높고 넓은 창 너머로 도시가 보였다. 깜깜한 하늘과 번지는 빛들. 꺼지지 않은 건물들의 창에서, 간판에서, 달리거나 멈춰 있는 자동차들에서 빛이 생명체처럼 움직였다. 해든과 아름은 스튜디오 가운데에 테이블을 옮겨놓은 다음 치즈와 과일과 와인을 두고 나란히 앉았다. 아름의 사진을 보기 전 해든이 그동안 바삐 찍어둔 것들을 먼저 보기로 했다. 창가의 블라인드를 내리고 불을 끈 채 모니터용 티브이를 켰다.

사방이 컴컴한 와중에 사진을 띄우자 별안간 밝은 빛에 눈이 부셨다. 혼자 사진을 찍고 나면 아름에게 종종 보여주긴 했지만 전부 보여준 적은 없었다. 온통 구덩이, 구덩이뿐인 사진. 디스토피아 같은. 깔끔하게 폐허가 되었거나 반쯤 폐허가 된 건물들, 건물이 있던 자리들. 우뚝 선 다른 건물들 사이 좁거나 드넓게 빈터가 된 땅들. 아름은 말없이 그 사진들을 봤다. 넘기려고 하면 잠깐만, 조금만 더 보자, 하기도 했다.

해든은 화면에서 흘러나온 빛을 은은하게 머금은 아름의 옆얼굴을 봤다. 참 사랑스러운 생물이다, 하고 생각했다. 그리고 거리가 가까워진 탓에, 그간 아름과 내내 붙어 일을 하는 동안 아름을 향해 모나 있었던 자신의 마음에 대해 생각했다. 두서없이, 떠오르는 대로. 나는 왜 은연중에 아름이 좋은 가족과 좋은 환경에서 좋은 것만 보고 살아온 사람이라고 생각했을까? 아름을 보면 항상 어느 부분이 구겨진 자신과 달리 말끔하게 펴진 사람인 것 같아서 자기도 모르게 심술궂게 굴 때가 있었다. 아름도 그걸 알고 있을까. 내 안에 저런 구덩이가 있어서, 나도 구덩이인 척 자꾸 너를 헛디디게 한다는 걸 알까. 나는 그런 내가 싫은데, 아름은 그런 나를 좋아해주는 것 같다, 그런 생각을 하고 있자니 슬프고 달콤했다. 해든 자신이 가진 쓴맛이 아름이 가진 단맛에 중화되는 느낌이 들었다.

잘 봤어.

어땠어?

춥고, 위태롭고, 좀 슬펐어.

왜? 폐허라고 다 슬픈가?

글쎄. 내가 아직 초보라 그런지도 모르지. 그냥 해든이 그걸 찍으려고 가까이 서 있는 모습 있잖아. 그런 게 생각이 나네.

넌 참,

……

좋은 사람이다.

아름의 진심어린 감상을 듣는 일은 생각보다 쑥스러웠다. 해든은 어서 네 사진을 보자, 하며 아름을 재촉했다. 잔뜩 쑥스러운 얼굴로 아름은 잠깐만…… 술 한 잔만 더 마시고, 라며 남은 와인을 벌컥 들이켰다. 그러고는 케이블을 뽑아 제 노트북에 연결시켰다. 편편의 아름이 거기에 담겨 있었다.

아름의 사진은 아직 여러 군데가 여러모로 어설펐지만 좋은 점이 많았다. 가칠가칠한 듯 부드러운 듯 온기가 있는 자연광이 도드라진다는 점이 특히 그랬다.

이거 언제 찍은 거야?

해든의 물음에 아름은 기억을 떠올리느라 눈을 가늘게 뜨며 말했다.

거의 일 년 전쯤? 나 민아 언니 회사 그만둘 때.

이거 너무 좋다.

저물녘의 공원에 민아가 서 있었다. 햇빛에 반사된 먼지 같은 것들이 반짝이고 있었다. 민아는 카메라를 보기도 하고 카메라를 등지기도 했다. 사진 속 민아의 몸 테두리 역시 오후의 빛을 받아 반짝이는 선이 감싸고 있는 것 같았다. 따뜻한 사진이네. 아름의 사진을 보고 해든은 생각했다.

민아 언니 요즘 뭐하나?

아름이 고개를 갸웃했다.

요즘 연락을 안 해봤네.

한번 해보자.

아름은 반색했다.

그래, 우리 오랜만인데 스피커폰으로 할까?

갑작스럽게 건 전화가 연결되길 기다리는 동안 어쩐지 좀 떨리기까지 했다. 민아가 전화를 받았을 때 해든과 아름은 반가운 마음에 한목소리로 안녕! 하고 목청 좋게 인사를 했고 뒤이어 아름이 높고 밝은 목소리로 민아, 곧 크리스마스인데 뭐해? 하고 물었다. 민아는 흐흐흐 웃으면서 잠깐 머뭇거렸다. 그뒤로, 신나게 울려퍼졌던 아름과 해든의 목소리가 낮아지고 사그라들었다.

갑작스럽게 전화를 받게 된 민아가 들려준 이야기는 자초지종을 듣는 두 사람으로 하여금 숨을 죽이고 그래서? 그래서? 하며 뒷이야기를 묻는 와중에도 쉽사리 다른 말을 할 수 없게, 떨리게 하기에 충분했다.

민아는 말했다.

지난달부터 회사를 쉬고 있어.

왜?

해든과 아름이 저들도 모르게 입을 모아 물었다.

좀 아파서.

민아는 이런 이야기를 거의 해본 적이 없는 사람 같았다. 설명하는 데 힘이 들어 보였다.

한 달만 쉬려고 했는데 수술 날짜가 좀 밀려서 그 김에 더 쉬는 중이야.

수술? 어디가 아픈데?

자궁에 혹이 있대.

그걸 왜 이제 말해?

……

아니 뭐라고 하는 게 아니라……

내가 말해버릇해보질 않아서.

그렇게 말하는 민아의 목소리에 해든은 목 아래 부근이 뜨끈해졌다. 그래, 언니는 그런 성격이었지. 언니는 뭐랄까 좀…… 완고한 성격. 해든은 나중에 이 단어도 꼭 국어사전에서 찾아보리라 마음먹었다. 아름도 들으라고 스피커폰으로 해둔 상태였지만 아름은 자리에 없는 사람인 것처럼 숨을 참았다. 민아가 너희는 어때, 잘 지내? 하고 물었을 때도 잠자코 입을 다물고 있었다. 영원처럼 느껴지는 짧은 침묵 후에, 결국 해든이 가까스로 대답했다.

우린 별일 없어.

그럼 다행이네.

민아와 어영부영 전화를 끊고 아름과 해든은 한참 동안 말 없이 서로를 바라보았다. 아마도 우리 모두 순식간에 서로에게 상처를 준 것 같았는데, 무심코 깊이 베인 뒤 정확히 어디를 베인 건지 몰라 당황한 사람들 같았다. 화면 속엔 여전히 민아의 사진이 띄워져 있었다. 쑥스럽게 웃는 얼굴. 햇살에 반짝반짝 빛나는 머리카락의 끝. 꼭 쥔 손. 해든이 티브이 화면을 끄고 노트북을 덮었다. 스튜디오의 불을 켜고 블라인드를 올리자 다시 어두운 창밖이 보였다.

인적이 드물고 달리는 자동차도 거의 사라진 거리. 빼곡한 건물의 무수한 창을 밝혔던 불이 하나둘 꺼지고 한층 어둠이 내려앉은 창밖으로 가늘게 눈발이 날리기 시작했다.

*

이 시기에 쉬어본 건 몇 년 만이네.

민아는 생각했다. 어쩌다보니 휴직 연말이었다. 지루하고 성가신 검사 끝에 크리스마스를 앞두고 수술을 받게 되었다. 손을 놀리고 있을 때면 허전하고 초조한 마음도 들었지만 애써 일 생각, 회사 생각을 하지 않으려고 했다. 이럴 때도 있는 거지, 겨울방학인 셈 치자. 좋게 생각하려고 애썼다. 진짜로 좋기도 했다. 병 때문이지만 불가항력으로 쉬는 일은 어쩐지 민아의 마음을 편하게 해주었다.

긴긴 기다림의 나날을 지나 민아는 수술 전날 입원했다. 병실을 배정받고 환자복을 받고 활력징후 등을 체크했다. 수술을 받고 상태를 지켜본 뒤 퇴원하기까지 일주일이 걸린다는 의사와 간호사의 설명을 들었다. 입원 전 무엇을 챙겨야 할지 몰라 같은 병으로 입원한 사람들이 인터넷에 남긴 글을 찾아보며 며칠을 보냈다. 자궁에 혹이 생기는 나이는 다양했고, 아픔의 정도와 회복의 속도도 제각각이었다. 이후에도 몇 달간은 약을 먹고 병원을 다니며 잘 관찰해야 한다는 내용도 있었다.

그런 걸 보며 아직 오지 않은 수술 이후의 시간을 각오했다. 민아는 그런 걸 미리 각오해야 하는 사람이었다. 모르고 닥친 대도 달라질 건 없을 텐데…… 왜 이렇게까지 미리 알고 싶어 하는지 스스로도 좀 답답한 구석이 있었지만 어쩔 수 없는 성격이었다. 누굴 닮았을까. 엄마일까. 산부인과 질환으로 입원해서 그런지 엄마 생각이 자주 났다. 대부분 불쑥불쑥 치솟는 불안한 마음을 다스리려 애쓰다가, 인터넷에서 같은 병을 앓는 사람들의 흔적을 보는 것만으로 조금 나아지기를 반복했다.

낯선 옷을 입고 낯선 이불을 덮고 낯선 침대에 누운 입원 첫날 밤에는 몇 주 전 들은 해든과 아름의 목소리를 상기하며 잠을 청했다.

그들은 그날 충분히 말하지 않고 아주 많은 침묵을 말했다. 어렴풋이 서로가 어떤 당혹감을 느끼고 있는지 알 것 같았지만 그것을 드러내지는 않았다. 아슬아슬한 침묵이었다. 더 이어져야 할 것 같았지만 해든과 아름 중 누군가가 푹 쉬어, 하고 전화를 끊었다. 민아는 그게 서운했는지 다행이었는지 잘 구분하지 못했다. 통화를 하고 있는 순간이 너무 위태로웠기 때문에 전화를 끊는다는 사실에 안도하기도 했고, 이 전화를 끊으면 나는 또다시 혼자인데 저들은 둘이야, 하는 마음에 서운하기도 했다. 알 수 없는 것은 알 수 없는 것으로 두자, 마음은 내 건데 그것조차 끙끙 애써서 알아내야 한다는 사실에 질려버려서 그냥 모르련다, 기분이 감정이 쉴새없이 변덕을 부리는 건 전부 호르몬 탓이다, 하고 휴대전화를 뒤집어놓고 애써 눈을 감았던 것을 기억했다. 밤은 사람을 이상하게 만들어서 깨어 있는 내내 민아는 괴로웠지만, 저도 모르게 끙끙 앓다가 잠이 들고 환한 아침이 되자 언제 그랬냐는 듯 말짱하게 괜찮아진 머릿속을 느낄 수 있었다.

*

수술 전날 밤, 해든이 민아를 찾아왔다. 양주에서 촬영을 마치고 바로 온 것이라고 했다.

154

장비를 아름에게 맡겨서, 아름은 못 왔어.

미안한 표정으로 해든은 말했다. 민아는 고개를 저었다. 당연하지, 둘 다 어떻게 와. 양주라니 멀리서 오는 줄도 몰랐잖아. 해든은 수술 전에 채비해야 하는 것들을 이것저것 챙겨주었다. 혼자서도 충분하다고 생각했는데, 의외로 누군가가 옆에 있어주는 것이 도움이 되었다. 보살핌을 받을 때마다 어리는 민아의 어색한 표정을 보고도 해든은 모르는 척했다. 한두 번은 귀여웠지만, 해든이 보호자 역할을 자처할 때마다 무뚝뚝한 노인네처럼 굴었기 때문이었다. 거참 누구한테 기댈 줄도 모르고 도움을 받을 줄도 모르고, 꼭 우리 아빠 같네. 해든은 그렇게 생각하는 스스로가 무척 냉정하고 박정하다는 걸 알았지만, 사람이 지닌 어떤 뻣뻣함에 언제나 좀 화가 나는 오랜 울분을 어쩔 수 없다고도 생각했다. 그건 아빠로 인해 품은 것이었고 제대로 화해하기도 전에 아빠가 죽어버렸다는 사실도 다시 떠올랐다. 이건 오랫동안 아빠에게 싫다고 느낀 점인데. 불쑥 피어오른 감정을 곱씹다보니 이런 비슷한 종류의 짜증스러움을 최근에도 누군가로부터 느꼈었다는 걸 생각해냈고, 머지않아 자신이 민아의 표정에서 아름을 떠올렸다는 걸 깨달았다.

이런 연결 방식에 피식 웃음이 나기도 했다. 양쪽에 짜증나기는 처음이네. 아름이나 민아나 똑같다고 여겨졌고 동시에 그 두 사람이 자신의 방식대로 말하거나 행동하지 않는다는 이유로 이토록 언짢아지는 스스로에게 놀랐다. 그래서 평소 같았다면 더 예리하게, 그러면서도 무겁지 않게 물어볼 수 있었을 민아의 상태나 속마음은 무시하게 되었다. 간호사에게 이런저런 안내 사항을 함께 듣고, 환자복을 입고 병동을 오가는 민아의 뒷모습을 보다가, 해든은 이런 생각에 이르렀다. 나는 혹시 내가 이들에게 못 미더운 걸까봐 걱정하는 건 아닌가.

모양새로는 그랬다. 민아는 아름의 속이 여리고 섬세하다고 여겨서, 혹은 섬세한 만큼 악의 없이 놀라워하거나 이해하지 못할 것이라고 생각해서 말하지 못하는 것들을 해든에게 말했다. 못 이룬 꿈이나 싫어하면서도 좋아하는 엄마 얘기 같은 것. 그리고 아름은 누구보다 해든에게 의지했다. 자신이 해든보다 사진에 대해 무지하고 갈 길이 멀다는 이유로, 해든이 자신의 손을 잡아 이끌어줬다는 이유로. 민아가 여리고 섬세하다고 여기는 바로 그 마음과 얼굴로 아름은 해든을 바라보고 또 바라봤다. 같은 공간에서 일하는 내내 해든을 살피고 눈치를 봤다. 그건가. 해든은 민아가 알아채지 못할 정도로만 불퉁한 얼굴로, 스스로에게 물었다. 내가 좀…… 눈치보게 만드나?

분위기를 빨리 읽고 부드럽게 만드는 아름의 능력은 좋았지만 과도하게 눈치를 보고 스스로를 작게 만드는 아름의 버릇은 싫었다. 아름에게 털어놓지 못하는 어쩔 수 없는 일들, 어쩔 수 없어서 염불 외듯 계속 곱씹게 되는 옛일들을 털어놓는 민아는 좋았지만 그까짓 일을 털어놓는 데 적절한 분위기와 타이밍과 마음가짐이 필요한 민아의 유난한 자기방어는 싫었다. 나는…… 싫은 게 참 많네. 그리고 이런 자신의 들쭉날쭉한 마음, 언제 어디서 뾰족하게 솟을지 모를 공격성을 두 사람이 모를 리 없다고, 누군가의 입을 다물게 하고 시선을 피하게 했다면 그 이전 자신의 입에서 튀어나간 말이, 순하지 않게 바라본 눈이 있었을 거라는 생각에 이르렀다.

그러고 보면 나는 참, 나만 거리낄 게 없었던 것 같기도 하고. 해든은 괜히 구김 하나 없는 침구를 털거나 커튼을 여닫았다. 병실 안에서 서성이다 민아가 언제 돌아오려나 복도 끝을 바라보며 병실 입구와 복도 사이를 서성였다. 그러다가 결국 다시 돌아와 민아의 짐을 지켰다. 뻣뻣한 병실 침대보를 자기도 모르게 매만지며 해든은 어느새 혼자서 겸연쩍어져 있었다.

내일 수술에 대한 설명을 듣고 이리저리 불려다니던 민아가 돌아왔을 때, 해든은 어린애처럼 발끝으로 바닥을 툭툭 차고 있었다.

왜 이래?

민아가 물었다.

언니. 내가 좀……

거기까지 말하고 해든은 망설였다. 해든이 망설이는 일은 자주 있는 일이 아니라서 민아는 짓궂은 표정이 되었다.

어이, 무슨 일 있는데?

내가 좀 괴팍한 편인가?

해든의 말에 민아는 큰 소리로 웃었다. 자기도 모르게 터진 웃음소리가 너무 커서 허겁지겁 입을 다물며 맞은편 침대에 앉아 드라마를 보던 아주머니께 죄송하다는 의미로 허리를 숙였다. 그러고는 훨씬 나지막해진 목소리로, 대신 훨씬 커진 몸짓으로 말했다. 해든의 왼팔을 퍽퍽 때리며.

진짜 뜬금없고 웃긴다. 갑자기 왜 이래?

생각해보니 좀 그런 것 같아서. 다르게 좀 대하고 싶은데.

누구를?

아니 뭐. 언니나, 아름이나……

무슨 일 있었어?

해든은 이 사소하고도 마음에 걸리는 일을 어떻게 말해야 하나 몇 번이고 입술을 달싹였다. 말이 잘 나오질 않네…… 그런 생각을 하면 또 우물쭈물하던 어느 날의 아름이 떠올랐다.

아름한테 좀 뭐라고 했거든. 진짜 별건 아니고. 근데 내가 그럴 때 좀더 잘할 순 없었나 계속 생각하게 되네.

음…… 심하게 말했어?

아닌 것 같은데…… 아름에게는 심했을까 싶어. 솔직히 말하면 그 무렵에 내가, 심술이 좀 나 있던 것 같아.

음……

민아는 습관처럼 낮은 소리를 냈다. 그건 듣고 있어, 라는 뜻이었다. 이렇게 설명 없이 서로를 잘 알 때도 있는데. 왜 항상 우리는 어느 순간 낯설어지곤 하는지. 알다가도 모르는 사람이 되는지. 해든은 어깨를 으쓱했다. 그게 다야, 라는 뜻이었다. 민아는 그제야 천천히 고개를 끄덕이며 이야기했다.

서로 마음 쓰이겠지만, 괜찮을 거야. 아름이 그런 것도 소화 못할 성격은 아니야. 그런 순간에 대해 소화계가 약하긴 하지만.

……

그리고 있잖아, 일터에서 심술궂은 마음은 좀더 익숙한 사람에게 생기기 마련인 것 같아. 나도 그랬어. 괜히 잘 말해줄 수 있는데 대충 말해서 겁주고 그랬어. 일부러는 아닌데 너무 피곤하고, 오히려 그 일이 아무것도 아니고, 이렇게 말해도 알아들을 것 같을 때…… 생각 없이 그러기도 했어. 그래도…… 그때 나가는 말이 심술맞은 건 인정해야겠지. 누구보다 내가 잘 아니까. 그렇게 말하지 않을 수 있었다는 걸.

맞아.

병실 창문 너머로 해가 뉘엿뉘엿 저물고 있었다. 이글거리는 듯한 붉은빛이 번진 주황색 노을이 하늘 전체에, 고층건물과 아파트의 실루엣을 더 짙게 만들며 내려앉고 있었다.

오늘 날이 흐렸나보네. 흐린 날 노을이 이렇게 예쁘대.

그래?

응. 해든 오래 있었네. 이제 가도 돼. 나 금식이라 같이 저녁
도 못 먹어.

알아. 괜찮아. 이제 뭐해? 내일까지 그냥 숙면?

아, 관장도 해야 해. 바빠.

윽, 무섭겠다. 관장 그거 엄청 힘들다며. 해봤어?

해든이 반사적으로 힘겨움을 상상하며 대답하자, 민아가 대
수롭지 않게 말했다.

안 해봤어. 지금이라도 너희보다 미리 해보는 거니까 좋지
뭐. 나중에 혹시나 입원할 일 생기면, 내가 진짜 잘 도와줄 수
있어.

여유인지 허세인지 덕담인지 악담인지……

해든 괴팍한 편 맞네.

그냥 그렇게 살래.

*

수술은 눈 깜짝하는 사이에 끝났다. 적어도 민아에게는 그
렇게 느껴졌다. 수술용 침대에 누운 채 수술실로 들어갈 때까
지는 긴장이 되었는데…… 마취제를 주사하자마자 잠들었고

깨어나니 수술이 끝난 뒤였다. 아직 마취가 덜 풀린 아랫배가 묘하게 둔하고 팽팽한 느낌이 들었다. 몽롱한 의식으로 눈을 몇 번 깜빡여보았다. 간만에 푹 잤네. 병실로 돌아와 간호사가 주의 사항을 일러주고 나가자 병실에는 고요함이 맴돌았다. 대각선 방향 침대의 아주머니는 잠들어 있었다. 시계를 보지 않고 흘러가는 시간은 기이한 데가 있었다. 해가 짧은 겨울, 창밖은 이미 어두웠는데 초저녁인지 깊은 밤인지 새벽인지 쉬이 짐작할 수 없었다.

병실에는 가습기가 수증기를 내뿜는 소리, 아주머니의 깊은 숨소리, 벽 하나를 두고 복도에서 간혹 들려오는 바퀴 구르는 소리, 유리병이 부딪치는 소리, 뛰어가는 이의 슬리퍼 소리가 시끄럽지 않게, 아주 작지만 또렷하게 울렸다. 침대에 비스듬히 앉은 채 민아는 그 소리들에 귀를 기울였다. 소리들에 귀를 기울이다보면 가장 크게 들리는 것은 침묵이었다. 소리가 지나간 자리의 고요함. 그 적막함. 민아가 크게 숨을 들이마셨다가 내쉬자, 침묵 사이로 숨소리가 가장 크게 들렸다. 이제 다 끝났다. 속으로 말해보았다. 후련했다.

마취약 기운은 벌써 가셨는데도, 거세고 무거운 잠기운이 밀려왔다. 덤덤하게 지나왔다고 생각했는데 지나고 보니 언제나 무척 긴장한 채였다는 사실을 인정하게 되었다. 어깨가 잔뜩 솟아 있었지, 혼자일 때도. 오랜만에 누구도 생각하지 않고, 나 자신도 생각하지 않고 깊이 잠든 순간이었고 그것이 만족스러웠다. 민아는 베개에 기댔던 몸을 미끄러뜨려 침대에 반듯이 누웠다. 꿈을 꾸지 않기를 바랐고, 마음처럼 되지는 않았지만 그래도 그간의 긴장을 녹여낼 만큼 긴 잠을 잤다.

*

수술을 마치고, 퇴원을 하는 날엔 아름이 찾아왔다. 해든과 같이 오려고 했는데 전시 준비 일정이 워낙 자주 바뀌어서 이렇게 쪼개져 왔다고 했다. 민아는 괜찮아, 하고 고개를 끄덕였다. 어떻게 둘이 같이 와. 안 그래도 바쁜데.

민아, 괜찮아?

아름의 괜찮아? 에는 아름만이 지닌 뭔가가 담뿍 담겨 있었다. 그러고 보니 괜찮아? 하는 물음은 아름에게만 듣는 것 같네. 민아는 생각했다. 몸이 삐걱거리고 말을 듣지 않는 와중에도 그게 좋았다.

응, 괜찮아.

어땠어, 무서웠어?

무서웠지. 또 한번 종양이 생기면 임신 못할 수도 있다고 해서 그것도 신경쓰이고.

민아 아이 낳을 계획이 있었어?

응. 나 집도 갖고 싶고 남편도 갖고 싶고 아이도 갖고 싶은
데.

그렇구나.

민아의 대답에 아름이 놀라워하는 것이 표정으로 전부 보였
다. 아직 민아에 대해 모르는 게 많구나, 우리 서로 얘기를 안
한 지 오래되긴 했구나, 하는 표정. 그래, 정말 오랜만이야. 소
리 죽여 웃었는데 수술 부위가 조금 아팠다. 아름의 두꺼운 코
트에 겨울 냄새가 잔뜩 묻어 있었다. 온도와 습도가 맞춰진 병
실에서 민아는 가끔 계절을 잊었다. 창밖으로 마른 나뭇가지
가 보여도 실감하지 못하는 때가 많았다. 단 며칠인데도. 시간
은 이상해. 그렇게 생각하며 아름에게는 심상한 말투로 근황
을 물었다.

사진은 어때?

배우고 있어.

배운다는 말이 누구보다 잘 어울리는 아름. 가르쳐주면 그
대로 받아먹을 것 같은 아름의 모습을 떠올려보는 게 오랜만
이라는 생각이 들었다. 아름은 어느새 민아가 가르치는 수업
을 들었던 때로, 그 시절 단발머리 학생으로 돌아간 것 같았
다. 민아는 아름에게서 항상 시간을 잊게 하는 얼굴 같은 것을
보았다. 아름에게는 왠지 시간이 한 방향으로 흐르지 않는 것
같았다. 나선형으로 맴도는 것에 가까운 것 같다는 생각을 했

다. 맴도는 듯 조금씩 위로 나아가는 나선 혹은 소용돌이. 원통형에 가까울지도 모르겠다는 생각을. 어찌됐든 아름은 조금씩 앞으로, 아니 위로 나아갈 것이다. 그간 배운 것들, 해든의 어깨너머로 본 것들을 노래처럼 종알거리는 아름에게 민아는 제법 진지하게 조언했다.

멋쟁이 프리랜서들. 다 좋은데 건강검진 꼭 받아.

민아의 말에 아름은 부끄러운 듯 말을 흐리며 웬 꾸러미를 내밀었다.

뭐야?

미안. 내가 바쁘다고 잊고 있었어. 삐삐 롱스타킹이야.

그걸 기억한 게 더 대단한데, 민아는 놀라워하며 어른 팔뚝만한 삐삐 롱스타킹 인형을 받아들었다.

이거 진짜 잘 만들었다.

민아는 환한 얼굴로, 정말로 반가운 얼굴로 삐삐의 팔을 움직여보았다. 민아가 구석구석, 아름이 그렸을 삐삐의 눈과 주근깨를 들여다보는 동안 아름은 가방에서 주섬주섬 책도 한권 꺼냈다.

그리고 이건 내가 여름에 많이 펴본 책인데……

명상록?

미래의 책이야. 한번 해볼래?

응.

손 얹고. 미래에 대해 생각해.

응.

펼친다.

제법 고심하며, 아름은 책을 펼쳤다. 91페이지. 첫 줄부터 바삐 문장을 따라 읽는 민아에게 아름이 반색하며 손가락으로 한 구절을 가리켜 보였다. "회복하는 일에 힘쓰십시오."

……야매네.

민아는 웃었고 아름은 맞다고 고개를 끄덕였다.

읽고 싶은 대로 읽으면 돼. 그렇게 마음먹고 펼치면 이 책은 그렇게 하라고 말해줘. 해든이 알려줘서, 내가 자주 쓰던 방법이야. 민아한테도 보여주고 싶어서.

고마워. 그렇지만……

민아는 주근깨가 코와 뺨을 뒤덮은 삐삐를 들어올렸다.

나는 이게 더 좋아. 나 인형 좋아하네.

몰랐어?

잘할 수 있는 일이라 그냥 한다고 생각했어. 근데 오랜만에 보니, 정말 좋네.

인형이 왜 좋은데?

현실에선 친구를 사귈 필요가 없다고 생각하고, 혼자인 지금이 정말로 좋다고 생각하고 사는데…… 인형을 만들면 친구가 생기는 것 같아서 좋아. 말이 안 되지만 안 되는 대로 좋

아. 이 친구는 특히 좋네. 돌아가면 더 잘해야지. 새로 온 직원 한테도 잘 알려주고.

질투나네.

오.

질투나지만 좋아. 민아가 좋으면 나도 좋아.

아름과 아주 오랜만에 이야기한다고 생각했는데 아름은 여전히 아름이었다. 아주 오랜만에 듣는 아름다운 말. 아름, 나한테 그렇게 얘기해주는 건 아름밖에 없어. 네가 좋으면 나도 좋아, 해주는 사람은. 아름이 앞에 있는데도 그립다고 생각했고 민아는 처음으로 아름 앞에서 조금 울었다. 아름은 우는 민아를 믿기지 않는다는 듯 지켜보았다.

아파서 약해졌나봐.

그럴 수도 있지.

여전히 아름은 누군가가 하는 말을 하나도 부정하지 않고 대답해주는 사람. 어떻게 그럴 수가 있는지. 어쩌면 그렇게 대화하는 방식을 익혀올 수 있었는지. 여전한 아름에게 민아는 여전히 궁금한 것들이 있었다. 수술 후 몸에 대해, 자기 자신에 대해 끊임없이 이어지던 걱정들이 잠잠해졌다. 아름은 민아가 퇴원을 하기 위해 이리저리 불려다니는 동안 민아의 침대맡에 있던 자질구레한 짐들을 꾸려주었다.

짐을 들고 민아를 따라 걷던 아름이 물었다.

부모님은 뭐라셔? 놀라셨겠다. 우리도 놀랐는데.

말 안 했어.

왜?

우리 엄만 그런 거 말하면 걱정되어서라긴 하지만 화내고 짜증내거든. 난 그게 그렇게 싫더라.

그래…… 그럴 수 있지. 그래도 지금 해. 퇴원한다고. 힘들 때 말 안 해주면 서운해. 서운해서 화내는 사람들도 있어.

그렇구나. 그럴 수 있지. 아름 넌? 너도 그런 편?

난, 서운해도 화 못 내는 편이지.

말 돌리지 말고 얼른 해, 하고 재촉하는 아름의 말에 민아는 쭈뼛쭈뼛 엄마에게 전화를 걸었다. 아름 앞에서 퉁명스럽게 구는 모습을 보이고 싶지 않은데 어쩌지, 긴장하며. 휴대전화를 든 채 걷는 복도가 길었다.

여보세요?

전화를 받는 엄마의 목소리는 높고 밝았다. 민아는 우선 엄마의 몸은 괜찮은지 묻고 싶었으나 응 나야, 하고 말았다. 통화 음량을 줄였지만 엄마가 하는 말들은 고스란히 아름에게 들릴 것이었다.

웬일로 전화를 다 했어, 별일 없어?

밖인지 엄마의 말에 섞여드는 소음이 시끄러웠다. 엄마 일하는 중이야, 하는 엄마에게 민아는 긴장한 채로 검강검진과 수술 후 퇴원까지의 일을 짤막하게 털어놓았다. 이야기를 들은 엄마는 예상과는 달리, 화를 내지 않았다.

왜 미리 말을 안 했어, 라곤 했지만 그 이상으로 짜증스럽게 말하지 않았다. 그저 건강이 최고야, 잘 쉬고 잘 먹어야 해, 하고 당부할 뿐이었다. 아니, 그뿐인 게 아니었다. 듣고 싶어하던 종류의 걱정도 들을 수 있었다.

이제 퇴원해? 일은? 일하면서 뭐 먹니? 죽 좀 보내줄까? 아님 반찬? 고기?

되레 그런 걱정을 제대로 받지 못하고 어색해한 건 민아 자신이었다. 어, 아니, 응, 고마워…… 같은 말을 어물거리다 전화를 끊었다. 엄마는 언제 이렇게 달라진 걸까. 내가 알던 엄마는 언제까지의 엄마인 걸까. 그리고 나는 평생에 걸쳐, 나와 가까운 사람들을 몇 명이나 오해하며 살아갈까. 민아가 머쓱한 표정으로 전화를 끊고 돌아보자 아름은 그럴 줄 다 알았다는 듯 빙긋 웃고 있었다. 거봐, 하는 것 같은 얼굴로.

퇴원 수속을 마치고 병원을 나와 민아와 아름은 함께 만둣국을 먹었다. 두 사람 모두 속을 데울 뜨끈한 걸 먹어야 한다는 데에 합의했다. 가기로 한 만둣가게는 아름이 오는 길에 찾아본 곳이라고 했다. 작아 보이는 가게는 들어서자 좁은 입구와는 사뭇 다른 널찍한 공간이 펼쳐졌다. 장사가 잘되어 옆 가게까지 튼 것 같았다. 두 사람이 시킨 만둣국에는 큼지막한 만두가 대여섯 개는 들어 있었다. 고명도 야채도 없이 국물과 만두뿐이었는데 맑은 국물이 생각보다 칼칼했고 순식간에 몸에 열이 올랐다.

아름이 만두를 숟가락으로 쪼개어 식히며 민아는 여기의 생이 어때? 하고 물었다.

다른 생도 있다는 거야?

민아가 되물었다.

있지 않을까? 또다른 내가 살고 있다고 생각하면 기분이 좀 나아져. 여기의 나처럼 말고, 혼자서 씩씩하게 내가 못하는 것들을 개는 하고 있다고 생각하면.

그래?

민아가 만두 위에 김치를 찢어 올리며 말했다.

나는, 이곳의 나와 생이 내 최선이라고 생각해. 다른 경우는 생각 안 해봤어.

되게 현실적이네.

아름은 그렇게 말하며 웃었다. 만두를 삼키며 민아가 아름을 따라 웃었다. 맞아. 나는 현실적이지. 언제나 지금만 생각했어. 다른 건 별로 중요하지가 않았거든. 중요하지 않다는 말을 생각하자 해든이 떠올랐는데, 해든은 다른 생이 있거나 말거나 관심도 없을 것 같다는 생각에 웃음이 났다. 왜 웃어? 하고 묻는 아름에게 해든 이야기를 해주자 아름도 고개를 끄덕이며 웃었다.

맞아, 해든은 그렇게 말할 것 같아. 있거나 말거나 무슨 소용이야 볼 수가 없는데, 하고.

그러고는 다시 호록, 국물을 떠먹었다. 국물이 데워준 몸이, 아름과 시시콜콜한 이야기를 나누고 있는 순간이 따뜻했다. 해든이 없어도 함께 있는 것 같은 느낌까지. 지금 생이 최선이라고 생각하는 사람과 또다른 생의 자신은 어딘가에서 더 잘 살고 있을 거라고 생각하는 사람. 그리고 그런 건 아무래도 소용없고 관심도 없다고 생각하는 사람. 우리는 퍽 잘 어울리지 않은가, 하고 민아는 생각했다.

새해
—조금은 더 밝은 빛

민아가 일을 쉬어서, 해든과 아름은 삿포로 여행을 제안했다. 정확히 말하면 적극적으로 계획을 세운 건 해든이었다. 준비중인 사진집의 마지막 부분에 들어갈 사진들을 삿포로에서 찍고 싶다고 했다. 그런데 또 언제가 될지 모르니, 이번에 우리 셋이 같이 가면 좋겠다고.

너무 어두운 색만 썼더라고. 희디흰 색이 좀 필요해.

나는 괜찮은데…… 민아 몸 괜찮아?

나 완전 괜찮아. 이보다 더 좋은 상태는 없어.

언제나 미온한 쪽은 민아였고, 선뜻 동의하는 쪽은 아름이었는데 모처럼 둘의 기세가 역전되었다. 아름은 눈이 무릎까지 쌓인다는 곳에 가는 게 조금 두려웠다. 그러나 결국 가게

되었다. 여행을 위해 패딩점퍼를 사고 부츠를 사는 일도 생각
보다 설렜다. 차가운 공기가 서린 공항에 도착했을 때에도 좋
았다. 언제나 추운 거 정말 싫어, 힘들어, 라고 말해왔는데 눈
덮인 겨울 마을은 생각보다 무척 좋았다. 가끔은 안개가 짙은
것도 좋았다. 한 치 앞을 모르는 것이, 그런 상태가 희뿌연 배
경으로 눈앞에 있을 때.

무엇보다 그들은, 셋이어서 좋았다. 길이 좁아서 가끔 삼각
형으로 걸어야 할 때, 뒤처진 자리에 있어도 불안하지 않았고
의도했는지 의도하지 않았는지 번갈아 뒤처졌다. 뒤처진 사람
은 앞선 두 사람의 등을 보고 먼저 남겨진 발자국을 보며 기쁘
게, 딴생각 없이 걸었다. 세 사람 모두 우리가 셋이라는 사실
을 더없이 잘 알고 있어서, 가끔 둘이고 자주 둘이고 영원히
혼자이지만 우리는 셋이라는 것을 의심 없이 받아들이는 관계
가 된 게 좋았다. 언제나 곁눈질을 하던 관계에서 드디어 셋을
편안히 받아들이는 순간이 온 것이 좋았고 셋이서 오지 않았
다면 의미가 없었음을 알고 있는 상태가 좋았다. 민아와 해든
과 아름은 처음으로 똑같은 생각을 했다. 셋 중에 자신을 뺀
나머지 둘을 두고 어느 날은 누가 좀더 좋고, 어느 날은 누가
좀 싫대도, 결국에는 둘 다 좋은 것이 좋다는 생각. 누구도 이
탈하지 않은 채로 그렇게 유지되는 삼각형의 마음이 안전하다
는 생각. 이 여행과 이 시간은 셋이어서 특별한 것이라는 생각

을 하며, 자신을 뺀 나머지 둘도 언제나 그 사실을 알고 있었다고 믿었다.

삿포로 여행에서 그들이 먹은 것은 주로 커피와 빵이었고, 간간이 맥주와 담배가 끼어들었다. 수프카레도 초밥도 구워먹는 고기도 먹지 않았다. 에너지를 최소한으로 쓰는 여행. 편의점에서 점심 저녁을 사다 먹거나 카페에서 식사와 커피를 함께 해결했다. 아름은 음식을 씹거나 커피를 마시면서, 안에서 밖을 골똘히 보다가 카페의 빈자리와 거리의 자판기를 많이 찍었다. 오랜만에, 사진 찍는 거 너무 재밌어! 하고 아이처럼 말했고 해든은 그런 아름에게 이제 사람 없는 곳도 잘 찍네, 했다. 여전히 해든의 칭찬을 들으면 으쓱하기도 하고 머쓱하기도 했다.

아름은 며칠 내내 거듭 들른 두 군데의 카페에 정착했다. 일본 커피의 맛. 일본 디저트의 맛. 확실히 나고 자란 곳이 달라서인지, 물과 공기와 땅이 달라서인지 맛이 달랐다. 물도 우유도 계란도. 그러나 하나같이 맛있었다. 메뉴도 다양해서 질릴일이 없었다. 같은 가게에서 하루는 죽을, 하루는 스파게티를, 하루는 오므라이스를 먹으며 카메라와 노트북을 번갈아 들여다보았다. 그러고 있으면 시간이 훌쩍 지나, 기차나 버스를 타고 다른 곳에 갔던 해든과 민아가 돌아왔다.

함께 기차를 타고 오타루에 가기도 했다. 유명한 거리를 걸고 오르골 가게에도 들렀다. 아름은 당연하게도 민아가 오르골에 열광할 거라고 짐작했는데 예상했던 것보다 민아는 오르골을 많이 좋아하지는 않았고, 돌아오는 길에 우연히 들어간 빈티지숍에서 오래된 탁상시계를 세 개나 샀다. 인형을 제일 좋아할 줄 알았는데, 그것도 아니었어. 셋 다 배 타는 건 좋아하지 않아서, 흐르는 물과 운하에 떠다니는 배들과 그 위에서 도시락을 먹고 사진을 찍고 손을 흔드는 사람들을 구경했다. 어린 커플, 중년 부부, 셀카봉을 든 아이들을 지켜보며 시답지 않은 농담을 주고받았고 벌기 아닌 말에도 깔깔 웃었다. 세 사람의 주변에 낯선 공기가 맴돌았고 그들은 그것이 좋았다. 알수 없던 서로의 시시콜콜한 일상적인 면과 일상 아닌 면을, 모르는 면을 알아가는 일이 즐거웠다. 그 들뜨고 즐거운 느낌은 공통적으로 '우리가 알게 된 지는 오래지만…… 친구로서의 역사는 어쩌면 지금부터 시작이야' 하는 마음에서 기인한 것이었다.

해든은 온갖 종류의 파르페에 꽂혔다. 역 근처의 파르페 가게에 매일 출석하며 매번 다른 맛을 먹었다. 가장 높고 화려한 파르페를 시킨 날은 이렇게 말하기도 했다. 이거 민아 언니가 만드는 인형 같지 않아? 아름은 고개를 끄덕였다. 언젠가의 시점이었다면 민아와 내가 만드는 인형 같다고 했을 텐데, 지금 아름의 손에는 인형 대신 카메라가 들려 있었고 아름은 지나간 시간을 그리워하는 동시에 현재의 자신을 뿌듯하게 생각했다. 이제는 해든과 아름이 산처럼 쌓인 파르페를 찍었다. 같은 걸 얼마나 다르게 찍었을지, 기대되는 게 있다는 것도 좋았다. 짧은 여행이었지만 해든과 아름의 카메라엔 여행의 많은 부분이 담겼다.

해질 무렵 삿포로 거리에 불 켜진 오래된 이자카야. 흰 김이 서린 뿌연 창문에 그린 새와 사람과 스마일. 나란히 적어본 세 사람의 이름. 뜨거운 사케와 말캉하고 촉촉한 어묵. 잔을 쥔 손끝과 뜨거운 것을 마시는 입술 끝이 더 붉게 보이는 조명. 스노볼 안의 풍경처럼 미약한 불빛을 뿜는 가로등 아래 외로이 주차된 각지고 오래된 자동차. 그 위로 두텁게 쌓인 흰 눈과 자동차 주변에 분주히 찍힌 어떤 이의 발자국. 스산하기도 정겹기도 한 메마르고 키 큰 나무들. 흰쌀밥과 젓가락으로 휘저어 작은 모래구름이 인 미소시루. 숙소에 깔린 흰 이불과 정갈한 커피포트. 차갑지만 얼지 않은 투명한 호수. 한없이 걸을 수 있을 것 같은 겨울 흑백의 숲길. 언제 숲이었냐는 듯 나타난 장난감 같은 도시. 고개를 푹 숙이고 걸어가는 사람들. 스르르 풀린 목도리를 다시 어깨 뒤로 힘껏 넘기는 중년 남자. 어깨를 웅크린 채 백팩 끈을 쥐고 걷는 여자.

그리고 동네 사람들과 관광객 사이로, 눈을 가늘게 뜨고 허리를 잔뜩 숙여 코가 닿을 정도로 가까이 피규어들을 바라보던 민아. 높은 건물과 나무를 바라보느라 연신 고개를 쳐들고 감탄을 뱉는 아름. 골목골목을 필름 카메라에 담으려 한쪽 눈을 뷰파인더에 대고 멈춰 선 해든. 하얗고 두터운 눈이 쌓인 언덕에 누워 스노 엔젤을 만드는 아름. 눈 내리는 거리에 발자국을 남기며 앞장서 걸어가는 털모자를 쓴 민아. 소박한 백색 잔에 담긴 뜨겁고 까만 커피와 그 작은 웅덩이에서 뭉게뭉게 피어오르던 희뿌연 수증기가 흐릿하게 만든 해든의 얼굴선……

민아가 쇼핑센터에 가고 해든이 거리를 찍으러 나가면 아름은 카페에서 혼자 오므라이스를 먹고 커피를 마시며 일기를 쓰기도 했다.

낯선 나라 낯선 카페에서 오래 사용했을 스푼을 매만지며 겨우 십 개월 정도 전의 내 과거를 생각한다. 십 개월 전에는 인형과 붓을 들고 있는 게 훨씬 자연스럽던 나의 손을 생각한다. 그리워지는 게 사람뿐만은 아니라는 사실이 새삼 놀랍다. 살아가면서 나는 그런 걸 배우는구나. 이런 깨달음은 당연한 동시에 분명한 충격을 준다. 세상에는 나에게만 놀랍고 소중한 작은 것들이 얼마나 더 많을까.

나는 내가 눈 내리는 나라를 싫어하는 줄 알았다. 단번에 좋아하게 될 줄 모르고. 이렇겠지 저렇겠지 어림짐작으로 상상하던 것보다 늘 현실의 실감은 아주 다르고, 그런 경험은 점점 더 적어져서, 이 여행 경험은 나에게 아주 소중하다. 사진을 찍게 된 일도 비슷하지 않을까. 머릿속으로 상상만 했을 때보다 실제로 한 것들은 언제나 더 생생하다. 직업을 바꾸고 이동하지 않았으면 몰랐겠지.

이런 순간으로 알게 되는 나의 변덕과 변화는 낯설다. 이제까지 내가 나에 대해 제대로 알고 있던 게 있기는 한 건지 의심스러울 정도로. 나는 나도 모르는 사이에 바뀌어가는 것이다. 나는 나의 변화를 언제나 한발 늦게 알아차리고. 알아차리게 되는 순간을 마주할 수 있으면 그나마 다행인 처지. 어쩌면 변한 나를 변한지도 모르는 채로 대하며 평생 살아갈 수도 있었겠지.

과거와 미래로 펼쳐진 나들 사이에 내가 서 있다. 어느 쪽으로든 발을 디뎌야만 닿을 수 있는 내가 이쪽저쪽에 서 있고. 언제나 나는 나를 만나러 가는 기분이다.

*

삿포로에서 돌아오자 밀린 일상이 그들을 덮쳤다. 여행에서 느긋하고 세심하게 서로를 바라보고, 말없이 알아주고, 좋은 것을 마음껏 건네던 것이 꿈결 같았다. 여행자는 아무래도 중

력의 영향을 덜 받는 것 같았다. 인천의 공항에 도착하자마자 세 사람은 생활의 중력에 사로잡혔다. 잠깐 벗어두었던—생계의, 책임감의, 스스로를 몰아붙이는 목표 의식의, 언제나 세 사람 각자의 그 자신이었던 평생의 습관의—관성과 성격의 중력이 그들을 긴장하게 했다.

애초에 사진집의 마지막 부분이 될 사진을 찍기 위해 여행을 결심했던 해든은 돌아오자마자 눈코 뜰 새 없이 바빴다. 잘 놀고 왔으니 이젠 정말로 사진집을 묶겠다고 결심했기 때문이었다. 그렇게 마음을 다잡은 데에는 아이러니하게 여행이 자신의 생각보다 훨씬 즐거웠다는 사실도 작용했다. 왜 즐거우면 일을 한 것 같지가 않을까? 즐거웠어도 일을 한 건 맞잖아, 이것도 병이야…… 그렇게 스스로를 탓하면서도 어쩔 수 없이 바지런히 움직이고 있었다. 여행자와는 완전히 다른 생활자, 특히 작업자의 관성과 중력이었다. 스스로를 조이고 날카롭게 대해야만 후회가 남지 않는 해든의 방식이었다.

해든이 바빠서, 아름도 덩달아 바쁜 날이 많았다. 해든은 즐거웠던 날만큼을 일하지 않았던 시간, 돈을 벌지 않았던 시간이라고 생각하는 (어떤 의미에서) 성실하고 프로다운 프리랜서 사진가였다. 자신을 위한 사진뿐만 아니라, 돈을 벌기 위해서도 많은 사진을 찍었다. 오픈을 앞둔 세련된 카페의 의자와 테이블과 벽, 일하는 사람들과 그들이 만드는 멋진 디저트와 뜨거운 커피를 생생하게 찍었다. 반짝이는 화장품 사진도 찍었다. 새로 연 서점이나 소품숍에도 갔다. 잡지에 실릴 공간 사진과 인터뷰용 인물 사진을 찍기도 했다. 그 모든 걸 잘해냈다. 거의 모든 의뢰인들이 해든의 작업 방식과 결과물에 만족했다.

해든은 어떤 마음으로 일하고 있을까. 남들이 보기에 유연하고 믿음직한 사람의 속은 어떨까. 보이는 것과 비슷하게 잔잔하고 몰입하는 일 외에는 정신 팔리는 일이 없을까? 아름은 오랜만에 무아지경으로 작업에 몰두한 해든의 뒷모습을 바라보며 자신은 절대로 해든처럼 되지 못할 거라고 생각했다. 어쩐지 자신은 시간이 지나도 지금과 비슷할 것 같았다. 겉으로는 태연한 표정을 짓고, 익숙한 것처럼 보이는 행동을 하면서도 속으로는 조바심이 나고 긴장이 되어서 죽을 것 같은 자신을 어쩌지 못할 거라고.

돌이켜보면 민아 역시 그랬다. 도자기 인형처럼 맨들하고 단단한 얼굴. 민아가 그리는 인형은 민아 같았고, 해든이 찍는 사진은 해든 같았다. 내가 내놓는 것들은 어떻게 보일까. 그런 걸 생각하면 설레는 동시에 불안감이 퍼졌다. 자신이 해든과 민아에게 이토록 애착을 느끼는 것, 우정을 넘어서 의지하는 이유는 혼자서는 너무 거세게 흔들리기 때문일 거라고 생각했다. 해든과 민아에게 거리감을 느끼는 이유도 거기에 있었다.

자신만큼 흔들리지 않는 듯 보이는 그들이 자신을 필요로 하는 이유는 뭘까.

같은 일을 하지 않아도 그들과 친구가 될 수 있을까? 그들이 나를 친구로 여겨줄까? 나는 그들에게 필요한 사람일까? 작업과 관계를 떼어놓고 생각할 수 없었다. 이 진부한 걱정들. 나는 잘할 수 있을까? 나다운 것을 조금이라도 발견할 수 있을까? 그럭저럭이라도 할 수 있을까? 내가 선택한 일이 일정한 궤도에 오를 수 있을까? 만약 잘하지 못한다면 나는 후회 없이 떠날 수 있을까? 그런 생각에 초조함이 드는 건 익숙했다. 막아도 막아지지 않았다.

*

아름은 해든을 보조하는 동시에 틈날 때마다 해든이 참고하라고 빌려준 사진집을 들여다보았다. 거기에 담긴 사진들은 아름이 주로 보던 빛이 잘 든, 빛을 잘 쓴 사진들이 아니었다. 사진집의 첫 부는 배경이 1989년 중국의 정신병동이었다. 흑백사진인데다 주로 어두웠고 사람들은 나무토막이나 지푸라기처럼 묶여 있거나 널브러져 있었다. 돌바닥과 콘크리트 벽으로 이루어진 거칠고 딱딱한 공간에 옷을 입지 않았거나 목욕을 하거나 줄넘기를 하거나 가만히 앉아 있는 사람들이 있었다. 카드놀이를 하는 사람과 일기를 쓰는 사람, 딸의 손을 잡거나 잡지 않은 사람, 비쩍 마르거나 뚱뚱한 사람들이. 그러나 그들의 표정이 전부 절망만을 드러내고 있지는 않았다. 굽은 등, 혼란스러운 눈, 미련 없는 입매와 억울한 턱 근육, 장난스러운 치아가 있었다. 사진에선 그런 걸 읽었다. 감정도 분위기도 너무 많아서 과부하가 걸릴 때가 있었지만 그래도 그것을 볼 때엔 외롭지 않았다.

해든이 어떤 것을 찍고 싶어하는지 어렴풋하게 알 것 같기도 했다. 그건 연결되는 느낌에 가까워 아름을 든든하게 만들어주었다. 그 책에는 오래전 어떤 날, 어떤 집들의 장례식을 찍은 사진도 있었다. 죽음과 그 절차도 사진으로 배울 수 있었다. 포착된 장면은 실제로 맞이하는 죽음보다 더 구체적이고 생생했다. 그들의 표정과 모은 손을 한참이나 들여다볼 수 있었다. 원하는 만큼 느끼고 책을 덮는다. 과거를 보여주는 것 같기도, 미래를 보여주는 것 같기도 한 사진들에 잠깐 접속했다가, 빠져나온다. 인생에서 다른 시간을 만들어내는 것은 좋다고 생각하면서. 그런 걸 보고 있으면 그 장소로, 그들 곁으로 이끌려 가는 것 같았다.

이런 사람들이 나오는 사진도 좋구나. 아름은 속으로 중얼거렸다. 사람이 나오는 사진을 찍고 싶었다. 그들을 가둬두고 싶은 건 아니고, 그저 그때 그들이 있었다고 말해주는 게 좋아서. 우리도 그랬지. 언젠가 민아와 해든을 따라다니며 찍을 수 있기를 바랐다. 그것이 나의 꿈. 우리가 함께였다는 것을 남기는 것. 나 혼자 좀 아슬아슬해. 태연한 표정을 유지하기 위해 출렁이는 안쪽을 다스려야 해. 혼자가 아니라 우리일 때도 마찬가지지만.

*

찍어온 사진과 아주 잘 어울리는 날씨가 계속되는 흐리고 추운 날에, 흰구름과 먹구름이 번갈아 끼는 날에, 해든은 사진집을 냈다. 제작 직전까지 공들여 살핀 사진집이 무탈하게 제작되어 스튜디오에 도착했을 때, 책을 받아들고 한 장 한 장 넘겨보며 해든은 오래 참았던 숨을 쉬는 듯한 느낌이 들었다. 온몸의 혈관과 마디에 노곤함과 따뜻함 같은 게 퍼지는 듯한 느낌. 손끝까지 퍼진 열기가 다시 아랫배부터 타고 올라와 목구멍과 코를 거쳐 미간 사이에 물컹하니 고이는 느낌. 해든은 그 이상하게 떨리는 느낌을 참으려고 애썼다.

사진집을 내자 운이 좋게도 여러 매체에서 인터뷰 요청이 왔고, 리뷰가 실리기도 했다. 여러 작업을 통해 알고 지내던 갤러리에서 전시 요청이 들어오기도 했다. 갤러리스트는 해든의 사진집에 수록한 사진들로 작은 전시회를 열자고 했다.

그 제안이 해든은 다른 어떤 요청보다 기뻤으나, 시간이 넉넉하게 주어지지 않아 급히 준비해야 했다. 덕분에 책을 마무리하고도 생각지 않게, 한결 더 바쁜 나날이 지속되었다.

전시회 첫날, 민아와 아름이 왔다. 민아가 사진집을 받자마자 읽고 보내온 감상평은 '해든답네, 답게 좋아' 하는 짧은 문자였다. 그 문자를 받고 해든 역시 '민아답네. 여러 말 안 하고. 우리 아빠 같네' 하고 생각했었다. 그런데 전시회장에 도착한 민아는 흰 벽면에 큰 글씨로 쓰인, 이미 책 제목으로 봐서 알고 있는, 사진집과 동일한 전시회의 제목을 조용히 바라보며 한참을 서 있었다.

뭐야.

해든은 장난스러운 말투와 함께 민아를 툭, 건드렸는데, 예상치 못하게 휘청이며 글썽이던 눈물을 떨어뜨리는 민아를 보고 놀라서 허둥지둥 휴지를 가져다주었다.

뭐야!

아니 좋아서…… 미안, 주책……

내 전시횐데 왜……

잔뜩 농담을 묻혀 눈물을 닦는 민아를 놀렸지만 해든은 다시 한번, 처음 사진집을 받아들었을 때 뱃속에서 올라온 뜨거운 것이 순식간에 목울대까지 치솟는 걸 느꼈다. 센 척하지 말고 솔직하게 말하기로 결심한 뒤, 조용히 민아에게 속삭였다.

울지 마. 나도 눈물난단 말이야.

해든의 사진집 제목은 언젠가 민아가 추천해준 책으로부터 온 것이었다. 민아가 입원했다는 소식을 들은 날부터 해든은 민아가 준 책들을 찬찬히 다시 읽었다. 그러다가 권진규의 작품과 삶을 다룬 책에서 멈췄다. 권진규의 테라코타를 보고 있으면 민아 언니의 인형이 생각났다. 그리고 골똘히 인형에 표정을 그려넣는 언니도. 얻은 것은 또 있었다. 단어가 하나 남았다. '희구'라는 단어를 만났고, 그것을 사진집의 제목으로 붙였다. 희구의 뜻은 바라고 구함. 즐거움과 두려움. 또는 즐거워하며 두려워함. 그것은 해든이 사진을 찍을 때마다 느끼는 모든 감정을 정확히 일컫는 한 단어였다. 나의 마음을 설명해주는 모르는 단어가 있었다니. 그 단어에 동그라미를 치며 민아를 생각했다. 그럴 때면 책이 책을 끌어당겨주는 것 같았다.

한편으로는 고민도 있었다. 마음속에 있는 깊은 구덩이 같은 폐허들을 '희구'라는 제목 아래 놓아도 될까. 그러나 이 책이 다른 책을 끌어당겨주길, 지나간 사진들이 다가올 사진들을 끌어당겨주길 바라며 제목을 고집했다. 눈물을 휴지로 닦아내느라 눈두덩이가 붉어진 민아는, 해든이 그렇게 고민했던 걸 알고 있는 사람처럼 보였다. 그런 민아를 보며 해든은 제목을 붙이길 잘했다고 생각했다. 이렇게 내놓고 나면, 이제 정말로 '희구' 같은 단어에 어울리는 사진을 찍을 수 있을지도 모르겠다고도 생각했다. 그러자 어느 겨울밤 아름이 물었던 것이 떠올랐다.

다시 짓는 장면도 찍을 거야?

글쎄, 그건 모르겠네, 하고 대답했던 자신도.

다시 짓는 것도 찍을 거야. 해든은 이제야 마음속으로 말했다. 그게 건물이 아니더라도.

전시회까지 잘 마칠 수 있었던 건 언제나 힘든 내색 없이 보조해준 아름이 있었기 때문이었다. 아름을 가르치느라 두 배로 바쁘게 보낸 시간도 있었지만, 언제나 즐거웠던 건 아니지만 그래도 함께 사진 찍자고 말하기를 잘했다고 해든은 생각했다. 전시를 축하한다며 받은 비싼 와인을 아름과 따야겠다고 마음먹었다. 해든은 전시회를 준비하는 도중에 아름이 준 쪽지 같은 편지를 기억했다. 자신의 마음을 읽은 듯이, 혹은 아름이 자신의 마음을 견인해가는 듯 쥐여준 문구를. 그건 마치 예언 같기도 했다. 사적인 내용이 담긴 편지는 아니었고 어떤 책의 구절을 필사한 쪽지였는데, 거기에는 이렇게 쓰여 있었다.

폐허는 우연이 만들어낸 미학적 결과물이다. 그것을 일부러 아름답게 만들 수는 없다. 우리는 의도적으로 폐허를 만들지 않으며, 관리하지도 않는다. 폐허는 밑으로, 그리고 무더기에 가까워진다. 가장 멋진 것은 무너진 이후에도 여전히 서 있는 것들이다.*

그러고 보니.

의외라고 생각하며 해든은 아름을 건너다봤다. 아름이 울줄 알았는데. 민아 언니가 우네. 민아 언니가 울 줄은 몰랐는데. 아름은 민아보다 조금 먼저 전시장으로 들어가 사진을 바라보고 있었다. 사진과 눈높이를 맞추고 오래 들여다보는 아름의 옆모습. 어두운 전시장을 배경으로 검은 블라우스와 검은 와이드팬츠를 입고 검은 머리를 하나로 야무지게 묶은 아름의 모습이 주인처럼 잘 어울렸다. 아름, 이 공간과 잘 어울리네. 그럴 줄 알았다는 듯 해든은 고개를 끄덕였다. 잘 어울릴 줄 알았어.

그리고 몇 년 전보다 부쩍 어른스러워진 차림의 아름이 낯선 동시에 왜 이렇게 익숙하지, 왜 이렇게…… 하고 되뇌다가 어디선가 본 듯한 이 장면을 어디서 보았는지 기억해냈다. 우리 아빠 장례식장이구나. 그때 아름은 아직 일을 시작한 지 몇 년 안 된 탓에 계절에 맞는 검은 옷이 없어 너무 두꺼운 검은

---

* 에두아르 르베, 『자살』, 한국화 옮김, 워크룸프레스, 2023, 18쪽.

옷을 입고 있었지. 열기 때문에, 거기에 울기까지 하느라 한 층 더 더워진 탓에 붉은 뺨을 하고. 아름은 먼저 울어준 사람이었다. 내가 울기 전에, 항상. 지금 아름은 계절에 잘 맞는 검은 옷을 입고 있었다. 간신히 눌렀던 뜨겁고 물컹한 그 느낌이, 미간에서 흘러내렸다. 내내 말라 있던 해든의 눈에서 눈물이 흘렀다. 민아가 조용히 접은 휴지를 쥐여주었다.

*

바쁘고 정신없는 일들, 그렇지만 무엇보다 중요하고 중요했던 일들을 마무리한 날 해든과 아름은 해든의 집에서 와인을 마시며 여덟 편이나 되는 영국 드라마를 몰아서 봤다. 누구 하나 이제 그만 볼까? 하고 말하지 않고. 아, 너무 재밌다. 해든은 기진맥진한 사람처럼 테이블 위에 팔을 얹고 엎드렸다. 그러고는 옆에 앉은 아름을 바라보고 슬쩍 미소 지었다. 찰칵. 아름은 그 순간을 눈으로 찍었다. 엎드린 해든이 옆을 보며 웃을 때, 올라가는 입꼬리와 흐트러진 머리카락, 피곤한 것처럼 보이는 동시에 생생한 눈, 눈두덩이의 붉은 기운. 그런 걸 전부 담고 싶었다.

드라마가 끝나고 해든과 아름은 같이 조금 울었고 OST가 마음에 들어 가수를 찾아보고 완전 좋지? 완전 좋아! 하며 똑같이 플레이리스트에 넣었다. 누군가와 이렇게 가까워져본 적은 처음인 것 같았다.

해든에게 문득 고맙다는 생각이 들었는데, 그런 생각을 하면 언제나 좀 (상대방이 싫어하는) 머저리 짓을 하게 되는 것 같아서 생각하지 않으려고 애썼다. 하지만…… 해든이 함께 보내주는 시간이 좋았다. 해든이 가늠하지 못할 정도로, 해든이 다가와주는 게 좋았다. 미래에 해든에게 다른 친구가 필요해져 이 시간이 점차 줄어든대도, 잊지 못할 거야. 나에게도 그런 시기가 있었다는 걸 기억할 거야. 그런 생각을 하자 사진이 찍고 싶어졌다. 거대한 앨범을 갖는 상상을 했다. 그러면 나는 외롭지 않을 거야.

해든의 전시회가 끝나고, 일박 이일의 와인 홈파티도 지나간 어느 날 아름은 오랜만에 고양이가 나오는 꿈을 꿨다. 생생하게 기억하고 싶었으나 잠에서 깨자마자 꿈은 닦아낸 듯 쉬이 지워졌고, 기억하려 애써도 남는 장면은 몇 없었다. 아마도 유기묘인 듯한 고양이를 구조하려는 장면인 것 같았다. 희미하게나마 따뜻한 몸뚱이를 손에 쥐었던 감촉 같은 게 기억났다. 작은 고양이를 데려오고 싶었는데, 잘 되지 않은 채 꿈이 끝난 듯했다. 기쁨이나 성취감 같은 걸 느낀 기억은 없으므로. 또다시 오래전 만났던 정신분석 상담사가 떠올랐지만 이번에도 그가 없어서, 그러나 오랜만에 꿈에서 본 아기 고양이가 귀

여워서 아름은 무심히 인터넷에 '고양이 나오는 꿈'을 검색해 보았다.

아름이 애써 기억해낸 장면들에 대한 해석은 전부 달랐다. 일단 '버려진 새끼 고양이 꿈'의 해석 중 가장 많은 것은 그게 현재의 두려움이나 외로움을 나타낸다는 것이었다. 그러나 '고양이 구조하는 꿈'이라고 치면 해석은 달라졌다. 그것은 권력이나 지위 혹은 자신감 등 잃어버렸던 것을 되찾는 꿈이라고 했다. 마지막으로 '새끼 고양이를 안는 꿈'은 목표를 달성하거나 꿈을 이루는 것을 의미했다. 의미가 없네. 아름은 중얼거리며 서서히 사그라드는 꿈의 감촉을 마저 매만졌다. 만나서 반가웠어, 고양이. 그걸로 됐다. 너무 안 좋은 꿈은 아니라 다행이야. 그 정도로 위안이 되었다. 책점 같은 거네. 그렇게 생각하자 슬몃 웃음이 났다.

봄

—봄비가 먼지를 씻으면

봄은 생각보다 따뜻하지 않고 생각보다 흐리다. 온통 먼지에 둘러싸여 있는 감각이 봄의 시작이었다. 분홍 꽃잎만으로 봄을 기억하게 되는 게 신기할 정도로 꽃이 피기 전 봄은 뿌옇다. 아름은 커다란 창 너머 먼지 가득한 하늘을 바라보며 생각했다. 더군다나 갑자기 덥다가 또 갑자기 춥고, 비염에 감기를 달고 살기 딱 좋은 날씨. 하루종일 코를 풀다보면 코끝이 발갛게 붓고 피부가 일어났다. 따갑고 묵직한 느낌은 종종 머릿속까지 멍하게 만든다. 비염이 심해지는 날이면 하도 코를 풀어 부은 코가 커진 것 같아 거울로 얼굴을 확인하게 되기도 한다. 그러나 그때마다 코는 그대로.

봄에는 입맛을 잃는다. 코가 자주 막히니까. 입맛을 잃으면 입맛이 있던 때보다 더 먹는다. 입맛이 없으니까 이것 조금, 저것 조금 하다가 끼니를 챙겨 먹던 때보다 결과적으로 더 먹게 되는 것이다. 공기가 텁텁해서 신 것을 자꾸 찾게 되는 탓도 있다. 레몬맛 알사탕이나 입가심용 민트 캔디, 신맛 나는 가루가 잔뜩 묻은 지렁이 젤리 같은 것을 하루종일 주워먹는다. 봄, 생각보다 별로네. 아름은 코를 훌쩍이며 생각했다.

밸런타인데이가 지나간 이월 말이었다. 아름은 아르바이트하는 카페의 일회용 음료 컵에 밸런타인데이 때 쓰고 남은 빨간 털실로 리본을 묶어 쌓아두고 있었다. 그런 단순노동은 즐거웠다. 컵을 받아들고 나가는 손님 중에는 빨간 털실 리본을 발견하고 어머 이게 뭐야! 하고 즐거워하는 이들이 있었는데 그 호들갑에 차분히 가라앉던 기분이 좋아지기를 몇 번씩 반복하는 날들이었다. 삼월엔 화이트데이가 있으니 분홍 털실로 계속 리본을 묶어둘까? 하는 가벼운 고민이 드는 것도 좋았다.

한몸처럼 몰두했던 해든의 일정이 마무리되고 스튜디오도 여유를 되찾자, 아름은 남는 시간에 할 일을 구했다. 월·화·수 아침 일곱시부터 오후 두시까지는 카페에서 일을 하다가 해든의 스튜디오로 출근했다. 스튜디오의 잡무를 돕고 사진을 배우고 찍고 해든의 촬영을 보조하러 나갔다. 아르바이트를 구하면서 이럴 거면 민아가 붙잡을 때 그냥 리페인팅 일을 하며 사진을 배울걸, 하는 생각을 여러 번 했다. 그러나 그때는 그렇게 되지가 않았지. 그런 생각이 들 때마다 후회하고 싶지 않아서 리페인팅을 그만두던 마음을 떠올렸다. 머물던 자리를 벗어나 다른 일을 하고 싶던 마음을.

봄이 깊어질수록 차츰 해가 길어졌다. 아름은 해가 오래 떠 있는 계절일수록 더 좋았다. 오래 걸을 수 있었으므로. 대기 질이 좋지 않아 저녁까지 하늘이 희뿌연 색일 때가 많았지만 아름은 시간이 날 때마다 걸었다. 코를 훌쩍이면서. 매일 입는 얇은 코트의 커다란 주머니에 귤이나 바나나를 넣고 걸었다. 아르바이트가 끝나고 시간이 남거나, 아르바이트를 하지 않고 스튜디오 일도 일찍 끝난 날이면 서울 이곳저곳을 걸어다녔다.

체력을 길러야 했다. 아름은 바꿔 가진 직업이 체력을 필요로 하는 직업이라는 점이 마음에 들었다. 좋은 구도를 잡기 위해 몸을 잘 움직여야 하는 것, 좋은 빛을 찍기 위해서라면 언제든 급히 떠나야 한다는 것이 마음에 들었다. 그 직업을 선택하지 않고는 알지 못하는 것들이었다. 사진을 찍는 일이 쉴없이 움직이고 난데없이 떠나는 일이라는 걸 이전에는 알지 못했다. 그런 이유로 무거운 장비를 이고 지고 내리고 다시 메고 걷는 일도 좋았다. 사진을 시작하고 아름은 자신이 몸을 부지런히 놀려, 지치게 하는 일을 좋아한다는 사실을 처음 알게 되었다.

때때로 카페에서 일하는 날 손님이 없는 틈을 타 한 권 두

권 사 모으거나 해든이 빌려준 사진집을 봤다. 알지도 못하고 무작정 좋았던, 자신이 찍는 사진이 앤절라 힐이나 제시카 토드 하퍼의 사진집에 나온 것들과 비슷하다는 생각을 했고, 이런 사진집을 묶고 싶다고 생각하면 가슴이 두근두근 뛰었다. 그들은 특별한 순간이 아닌 주변의 시간들을 찍었고 사진에 등장하는 사람들의 표정은 일상적이고 친밀했다. 그들의 사진에 달린 설명과 평가들을 읽을 때면 그 문장들이 욕심났다. "그녀의 작업은 미술사적 전통에 기반을 두고 있지만 현대성을 나타내는 심리적 저류가 있습니다. (……) 관계의 복잡성에 내재된 미묘한 긴장을 탐구합니다." 그런 말들을 볼 때면. 제시카 토드 하퍼의 사진집 『Here』를 소개하는 글에는 이런 말도 있었다. "지루해 보이는 환경이 때로는 환하게 빛날 수도 있습니다." 그 말을 곱씹으면 힘이 났다. 카페 구석에 앉아 있을 때에도. 난 특별하지 않아, 하고 자학하는 순간에도.

*

그 봄에 아름은 어느 여름에 펼친 뒤 잊고 있던 『명상록』을 책장에서 꺼내들었다. 여름이 지나가는 동안 아름은 그 책을 다 읽었고 어딜 펼쳐도 도움을 주는 문장들—도덕적이고 안전한, 얼마간은 누가 그걸 몰라? 싶게 당연한, 주로 삶을 바르고 가지런하게 살도록 도와주는—로 빼곡하다는 걸 알게 되었다. 이번은 알고 펼치는 것에 가까웠다. 자신이 지녀야 할 마음을 문장으로 읽는 일은 생각보다 큰 힘이 되었다.

언젠가처럼 해든과 민아를 생각하며, 그 언젠가와 조금은 달라진 마음으로 책장 사이에 손가락을 넣어 펼칠 곳을 가늠한 뒤 열어보았다. 그 장에는 아름이 묻기를 기다린 것처럼, 벗들에 대한 이야기가 있었다. 아름은 책이 기특해서 겉표지를 몇 번 쓸어보았다. 고맙다. 너는 항상 답을 알고 있네. 오랜만에 훑어보는 책에는 신을 믿던 시대에 쓰인 글답게 '운명의 여신'과 '운명의 실' 같은 말이 자주 등장했다. '운명의 여신 클로토가 원하는 대로 운명의 실을 짜도록 하라' 하는 식이었다. 아름은 습관처럼, 자연스럽게, 어떻게 하면 민아와 해든과 함께 짜여질 수 있을까 생각해보았다.

낙천적인 소망을 품어야 한다는 것, 벗들의 사랑을 확신하고 나를 비난하는 자들에게도 생각을 감추지 말며, 내가 무엇을 원하고 무엇을 싫어하는지 벗들이 억측하지 않도록 분명히 밝혀야 한다는 것.*

---

* 마르쿠스 아우렐리우스, 같은 책, 20쪽.

비교할 게 없는 사람은 자유로운 게 아니라 자유롭지 못할 확률이 높다. 아름은 그렇게 생각했다. 자신의 근처를 둘러보면 민아와 해든이 있었다. 아름은 그 둘 사이에 끼어 있을 때, 끼어 있다는 감각이 있을 때 비로소 자신의 자리를 파악할 수 있었다. 민아와 해든은 아름에게 부표 같았다. 망망대해 같은 세상을 전부 이해할 순 없고 부표가 떠다니는 것을 보며 어렴풋하게 느낄 뿐이었다. 이들이 이쯤 있으니, 나는 그보다 한두 파도 뒤를 떠다니고 있겠지. 그런 생각이었다. 그 정도만 하더라도 다행이라고, 그 정도만 떨어져 있으면 좋겠다고, 손을 휘저어 가까스로 해든이든 민아든 누구의 손끝에라도 닿을 수 있다면 잘하고 있는 거라고 여겼다. 왜 그들이 그렇게 필요하느냐고 묻는다면 그들이 훌륭하니까, 라고밖에는 대답할 수 없었다.

『명상록』을 덮고 아름은 오랜만에 서점에 들렀다. 어쩐지 이제 그 책은 졸업해야지, 하는 마음이 생겼다. 다른 책으로 책점을 쳐보고 싶었다. 오래오래 서가를 둘러보며 마음에 드는, 마음에 드는 문장만 알아서 읽을 만한, 그러니까 다시 한번 책점을 쳐볼 만한 문장이 담긴 책을 찾아 책장을 칸칸이 뒤졌다. 하염없이 책을 무작위로 펼치고 덮기를 반복했다. 그러다가 결국 마음에 드는 책을 몇 권 고르게 되었다. 아름은 그 책들을 샀고, 집에 돌아오자마자 책점을 치겠다는 생각은 잊고 책에 빠져들었다. 자신의 마음과 같은 문장을 만난 것이다. 본격적으로 연필을 손에 쥐고 마음에 든 그 문장들에 밑줄을 그었다. 밑줄은 카메라 셔터만큼이나 확실한 소유. 이제 책들은 아름의 것이 되었다. 처음 그은 문장은 이런 문장이었다. "어른이 된다는 것은 불완전함과 불확실함, 배제되는 느낌을 견디는 일을 의미한다."*

그것은 아름이 품어온 마음 그대로였다. 어른이 되는 시간은 그런 걸로 잔뜩 채워져 있는 것이나 다름없었다. 기다리는 시간. 견디는 마음. 참는 눈빛. 삼키는 말. 모르는 척하는 시선. 아는 척하지 않고, 상대가 준 것까지만 받고, 상대가 모르게 더 받았어도 고마움을 견디고, 다른 것을 내밀고, 마침내 주고받고, 또다른 우리가 된다. 또다시, 또다시 생각하며. 그렇게 이어져오는 관계의 시간이 있었다. 내 중심이 흔들릴 때, 중요하다고 여기는 사람들의 애정을 바랐다. 내가 나를 지탱하기 버거울 때, 그들의 목소리로, 그들이 나를 필요로 하는지 아닌지로 내가 선 자리를 확인받고 싶었다. 그리고 문득 사진이 좋아진 순간을 다시 한번 떠올렸다. 사진은 날씨의 영향을 참 많이 받았는데 아름은 그 점이 퍽 인간적이라고 생각했다.

---

* 모야 사너, 『어른 이후의 어른』, 서제인 옮김, 엘리, 2023, 25쪽.

196

우리도 날씨에 따라 속절없이 컨디션이, 기분이 오르락내리락 하니까.

아름은 남들이 발견하기 전에 한발 먼저 자신이 민아와 해든의 좋은 점을 배우고 있다고 생각하면 좋았고, 반면에 그들에게만 있는 것을 쉴새없이 곁눈질하는 자신을 발견할 때면 서글펐다. 언제나 타인을 좇는 스스로의 바쁜 눈동자를 의식하게 될 때면. 그건 어디에서 누구와 일하든 똑같았다. 민아와 인형을 그릴 때에는 민아의 모습을 닮고 싶었고, 해든과 사진을 찍을 때에는 해든의 모습을 닮고 싶었다. 그들은 아름으로 하여금 뭔가를 추동했다. 그들과 대화를 하고 나면 뭔가가 하고 싶어지는 것이 신기했다. 사진을 찍거나, 사진 찍는 것을 생각하거나, 하물며 사진에 대한 책을 읽거나, 그것도 아니면 사진과 상관없는 책이라도 읽게 만들었다. 그게 자신을 여기까지 데려왔다고 아름은 생각했지만.

도대체 나는 누구지. 그 사이에서 자신의 모습은 그 둘을 섞은 모습도 아니고 그저 여백으로 존재하는 것 같은 때가 있었다. 이제 나는 좀 나이고 싶어. 그래서 아름은 사진을 선택했다. 카메라에 한쪽 눈을 대고 집중할 때면 바깥에서 오는 영향들을 잊을 수 있었다. 어느 누구의 생각도 참고하지 않고 선택하는, 자기만의 시선은 그 순간에만 있는 것 같았다.

밑줄을 긋기 위해 펼친 다른 책은 이십 세기 프랑스 사진작가 앙리 카르티에 브레송의 사진 에세이였다. 그 책에는 '사진 가들의 친구들에 대하여'라는 꼭지가 있었고, 아름은 그 부분을 보자마자 책을 집어들었다. 거기에서 브레송은 초상 사진에 대해 짧게 쓰고, 다양한 직업을 가진 친구들에 대해 쓴다. 아름에게는 모두 생소한 이름이었다. 그들 중 알베르토 자코메티와 앙드레 브르통 정도만 들어보았을 뿐이었다. 그러나 친구의 사진과 친구에 대한 글이 함께 실린 그 방식이 무척 마음에 들었다. 단 하나뿐이고, 소중하게 여겨졌다. 브레송은 '자코메티를 위하여'에서 자코메티에 대해 이렇게 썼다. "그의 걸음걸이는 매우 특이하다. (······) 그러나 그의 사유의 발걸음은 더 독특하다. 그의 대답은 당신이 말한 것을 훨씬 넘어선다. 그는 선을 긋고 모든 것을 합산하며 또다른 방정식을 세운다. 가장 덜 관습적이고 가장 정직한 정신의 대단한 민첩성이다."* 그리고 브르통에 대한 일화는 이렇다. "나에 대해 그는 언제나 우호적이고 정중했지만, 내가 나의 염탐 기계를 꺼내자마자 일그러지고 심지어 고통스럽게까지 보이는 억지 미소를 짓곤 했다. 결국 십여 장 중에서 단지 여섯 장만의 쓸 만한 사진을 들고 돌아왔던 것은, 내게는 훌륭한 훈련이었다."** 책

---

* 앙리 카르티에 브레송, 『영혼의 시선』, 권오룡 옮김, 열화당, 2006, 78쪽.
** 같은 책, 99쪽.

은 길지 않았고, 금방 읽혔다. 아름은 책을 덮고 브레송이 친구들을 정의하는 방식으로 자신의 친구들을 정의할 수 있을까 생각했다. 브레송이 그 모든 것을 쓰고 있어서 좋았다. 자신의 카메라를 스스럼없이 '염탐 기계'라고 부르는 것까지. 당당한 우정으로, 자기만의 충심으로 친구들을 염탐하는 것과 그것을 기록해두는 것까지. 그러고 보면 사진도 좋았지만, 사진에 대한 책, 사진가가 쓴 글을 읽는 일도 무척 즐거웠다. 이것 역시 사진을 시작하고 나서야 알게 된 즐거움이었다.

아름은 책을 치워두고, 밑줄 그은 문장을 곱씹었다.

이 문장 아래 모일 사진을 찍어야지.

빛을 등지고 걸어오는 사람을 볼 때마다 아름답다고 느꼈던 걸 떠올리며 다짐했다. 해든이 건네준 카메라로 처음 민아를 찍었을 때를 떠올리며. 언제나 거기 있어야지, 생각했다. 봄비가 적당히 내리는 날이었다. 온도가 올라가면서 먼지가 많아졌던 하늘이 씻기는 듯했다.

다시 여름

—강에는 물이 차오르고

그들이 이루는 삼각형은 각자가 선 자리에 따라 커졌다가 작아지기를 반복했다. 두 점이 유독 가깝고 한 점이 비교적 멀 때는 그 모양이 변했으나, 삼각형은 삼각형이었다. 아닌 적은 없었다.

*

해든은 토끼가 죽은 이후 아주 오랜만에 고양이를 입양했다. 고양이를 데리고 온 주에, 평소 잘 볼 수 없던 해든의 호들 갑 탓에 아름을 포함한 스튜디오 동료들도 덩달아 마음이 들 뜨고 혼비백산이었다. 해든은 무료하던 밤 심심풀이삼아 둘러

보던 당근마켓 게시판에서, 동네 근처에서 새끼 고양이가 구조되어 임시 보호처를 찾는다는 글이 올라온 걸 발견하자마자 무슨 바람이 불었는지 당장 차를 몰아 고양이를 보러 갔다고 했다. 작은 고양이는 구조자가 해든에게 넘겨주자마자 겁도 없이 해든의 팔뚝에 올라탔고, 일은 고양이가 팔뚝에 올라타는 속도보다 훨씬 신속하고 수월하게 진행되었다. 며칠에 걸쳐 고양이의 방석과 화장실과 사료와 장난감이 해든의 집으로 착실히 배송되었다. 그 주 내내 해든의 카메라에는 온통 고양이뿐이었다. 다른 것은 끼어들 틈이 없었다.

*

민아는 해든의 인스타그램에서 아름을 볼 수 있었다. 둘이 서로를 태그한 사진을 보고 있으면 언제나 아름과 같은 일을 하며 시간을 보내던 시절이 그리워졌다. 해든과 아름이 같은 일을 하며 시간을 보낸다는 사실이 생생하게 부러워졌다. 아름이 나와 함께 일할 때, 해든은 나에게 그런 마음이 들지 않았을까? 민아는 그런 게 궁금했다. 그렇지만 해든은, 그러지 않았을지도 모른다. 나 같지 않았을지도. 그런 건 신경 안 쓰는 사람인지도 모르니까. 그러나 나는 그런 사람. 민아는 인정했다. 나는 나와 멀어진 그들을 봐주는 사람. 만드는 사람이 있으면 봐주는 사람도 있어야지, 하고 생각했다. 팔로워도 많고 공적 사적 영역을 가리지 않고 활발하게 게시물을 올리는 건 해든이었다. 아름은 자신이 찍은 작업물만 간간이 올리곤 했다. 민아는 그곳에서 자신의 뒷모습을 알아보았다. 헤어지던 날 찍힌 사진이었다. 거기 서봐, 하던 아름의 모습이 선명했다.

*

아름은 혼자만의 사진을 찍기 시작했다. 아름 덕분에 해든과 민아는 이전보다 자주 볼 수 있었다. 아름이 둘을 찍고 싶다고 말했기 때문이었다. 아름은 두 사람에게 그것을 허락받는 일을 내내 바라왔다고 드디어 말할 수 있었다. 마침내 해든과 민아가 아름의 요청을 허락해주었을 때, 아름은 기쁨과 안도감으로 가슴을 쓸어내리며 언젠가 책에서 읽은 내용을 떠올렸다. "카메라는 별 무리 없이 사람 가까이에 다가갈 수 있다. 이런 면에서 카메라는 유용한 도구이다. 영구적인 연결 끈 없이도 사람들의 삶에 가닿을 수 있는 마법의 여권 같기 때문이다"* 같은 문장을. 그 부분을 읽었을 때 비로소 아름은 결심할

---

* 윌 스티어시 엮음, 『찍지 못한 순간에 관하여―글로 쓴 사진 이야기』, 최민정 옮김, 현실문화, 2013, 42쪽.

수 있었다. 자신이 결국 찍고 싶었던 사람들이 누구인지를 알았고, 그들을 찍기 위해서는 그들을 찍고 싶다고 그들에게 말해야만 한다는 것을 알았다.

따로 있어도 되고 같이 있어도 돼.

뭐 주제 같은 게 있어?

있지.

뭔데?

'왼손과 오른손'.

그 말을 듣고 해든과 민아는 가끔 자신을 향한 아름의 카메라 앞에서 왼손처럼 보이는, 혹은 오른손처럼 보이는 표정을 지어야 하는지 고민했다. 헤어질 즈음에는 아름의 사진을 함께 보고 깔깔거렸다. 셋이 만나는 날이면 민아를 찍는 아름을 해든이 찍기도 했다.

*

우리가 일로 만나는 건 좋은데, 일로만 만나지는 말자.

민아의 말에, 셋은 함께 달리기를 하기로 했다. 어떤 계기로 비슷한 시기에 들어버린 건강에 대한 위기감 때문에 쉽게 의견이 모아졌다. 어디서 무슨 일을 하든, 지치지 않는다면 좋겠다, 그런 마음이었다. 세 사람이 사는 곳이 제각각이라 장소는 같아도 되고, 달라도 된다고 규칙을 정해두었다. 모여서든 혼자서든 같은 시간에 달리기. 대신 빠지지 않기. 빠지면 벌금. 벌금은 모아서 셋이 같이 써버리기로 했다.

혼자 달릴 때, 아름은 근처 공원 달리기를 선택했다. 걷는 건 자신 있었는데, 달리는 것은 다른 문제였다. 시험삼아 호흡이 헐떡일 때까지 달려보았는데 숨을 몰아쉬며 시계를 보면 겨우 일이 분 남짓 지나 있어 충격을 받았다. 벤치에 눕듯이 앉아서 가져온 생수를 벌컥벌컥 마시며 달리는 사람들을 구경했다. 저녁의 공원에는 개와 산책하는 사람들이 많았다. 걷거나 뛰는 사람보다 더 부지런히 앞서 걷는 신난 개들이 있었다. 그중 몸집이 조그만한 개들은 신나는 걸 주체하지 못해 네 다리가 거의 공중에 떠 있을 때가 있었는데, 그 모습을 보면 여지없이 웃음이 났다.

뭐가 저렇게 신날까? 달리는 게 그렇게 좋을까? 바람을 맞고 땅을 박차며 앞으로 나아가는 게? 귀를 펄럭이고 허리를 튕기며 공중에서까지 달릴 생각만 할 정도로. 그런 개들의 눈은 까맣게 반짝반짝 빛났다. 저렇게 신나고 가벼우면 좋겠다. 공중에 자신을 완전히 띄울 수 있는 몸은 좋겠다, 하고 생각했다. 저렇게 달리고 걸어도 지치지 않는다면. 그러기 위해선 체력을 길러야겠지. 아름은 강아지의 펄럭이는 귀를 보며 따라 달렸다. 강아지의 마음을 경쟁자삼아 달리는 자신이 웃기기도 하고 좋기도 했다.

달리다보면 스스로에 대해 모르고 있던 것을 알게 되었는데, 가령 아름은 자신이 현재로서는 전력으로 달린다면 삼십 초 만에 숨이 차고 힘이 바닥난다는 것을 알았다. 삼십 초가 일 분이 되고 일 분이 이 분이 되고, 그렇게 십 분을 달려도 덜 힘든 상태가 되려면 어느 정도의 달리기 연습이 필요할까? 달리는 개를 보다가 그런 것이 궁금해졌다. 개처럼 신나게 뛸 수는 없겠지만, 지금보다는 잘 뛰게 되면 좋겠다. 무거운 것도 번쩍번쩍 들고. 현장에서도 지치지 않고. 민아와 해든과 함께 술을 마셔도 혼자 일찍 나가떨어지지 않고. 그러다가 나는 지금 그런 걸 바라는구나. 아름은 아직 열기가 가시지 않은 후끈후끈한 뺨으로 저녁의 공원과 앱에 찍힌 달리기 동선, 자신의 운동화 사진을 해든과 민아에게 보냈다.

―전력 달리기 최대 30초 가능

―ㅋㅋㅋㅋㅋㅋㅋㅋㅋㅋㅋㅋㅋㅋ

―저질……

해든과 민아가 놀리고 웃어주어서, 그 별거 아닌 답장에도 좋았다. 작은 채팅창 안에서 시차 없이 메시지를 주고받는 게 좋아서, 그게 뭐라고 빨갛게 달아오른 뺨으로 흐흐 웃었다.

바람이 부는 공원 벤치에 앉아 아름은 우리를 묶은, 특히 나를 그들에게 묶은 이 마음이 무엇인가 생각했다. 그야 좋아하는 마음. 너에게 없는 것이 내게 있고 내게 없는 것이 너에게 있길 바라는 마음. 혹은 기꺼이 그렇게 착각하고자 하는 마음. 그 마음이 마음에 들어서 조금 더 바람에 땀을 식히며 단단해진 종아리를 쉬게 두었다.

*

모두가 엇비슷하게 달리기에 익숙해진 어느 주말에, 아름이 민아네 동네 천변에서 달리고 싶다고, 같이 달리기도 하고 달리는 민아도 찍고 싶다고 해서 셋은 오랜만에 운동복 차림으로 만났다. 민아의 동네지만 아름이 가장 먼저 천변 공원에 도착해 풀며 물며 새를 찍고 있었고, 뒤이어 민아가 도착했다. 둘은 눈에 들어오는 풍경이나 사람들에 대해 이야기하다가 말다가 하며 조금 늦을 거라고 얘기한 해든을 기다렸고, 오후의 해가 조금 움직이나 싶게 그림자의 방향이 바뀌기 시작할 때 민아가 요즘 시작한 그림 그리는 일에 대해 말했다. 민아는 퇴근 후 공동 화실에 나가 그림을 그리기 시작했다. 그걸 얘기하는 민아의 모습은 좋아 보였다. 운동복 소매를 걷고 머리를 하나로 묶고 운동화까지 신고. 좀 낯선 모습이었지만 그것까지 좋아 보였다. 아름은 그늘에 쪼그려앉은 채로 따가운 볕을 피하지 않는 민아를 올려다봤다.

머리 묶은 거 오랜만에 보네.

아름이 말했다.

그런가?

민아는 심상하게 대답한 뒤 스트레칭을 했다. 어깨에서 뚝 뚝 소리가 나는 걸 외면하면서. 아름은 그런 민아를 조금 구경했다. 머리 많이 길었네, 민아. 인형에 그림을 그릴 때 민아는 언제나 긴 머리를 하나로 꽉 묶었다. 그건 아름이 좋아하는 모습이었다. 정수리 아래로 떨어지는 머리카락의 모양도, 그때마다 드러나는 목덜미도 어쩐지 반가웠다. 민아는 섬세한 그림을 그리는 사람치고 자세가 아주 곧았다. 스케치북을 세워 둔 이젤 앞에서는 더욱 그렇겠지? 그 반듯함. 아름이 항상 닮고 싶어하는 자세였다. 종이에 그림을 그리는 민아의 모습이 궁금했다. 저멀리 두 팔을 휘두르며 해든이 나타났다.

미안! 늦었지!

민아와 아름은 괜찮다고 말하며 해든이 가까이 오기까지 기다려주었다. 이윽고 셋이 함께 천천히 걷기 시작했을 때, 민아는 화실을 함께 쓰는 어떤 사람 이야기를 들려주었다. 대학원에서 색채 치료를 배운 사람이 있다고 했다. 설명을 듣자 하니 색채 치료에서는 각각의 색깔이 사람이 지닐 수 있는 성격이나 기질 같은 것을 의미한다고 했다. 바삐 걸으면서도 민아는 그 사람에게 재미있는 이야기를 들어서 적어놓았다며 휴대전

화 메모장을 켜 아름에게 보여주었다. 거기에는 알 수 없는 단
순한 말들이 나열되어 있었다.

색채 치료(근거 없음)
따뜻한 색으로부터. 빨강 자주 주황 노랑 초록

빨강(예술성/공격성/열정 등)
해든 〉아름 〉민아

자주(공평성/교육성/희생 등)
민아 〉해든 〉아름

노랑(낙천성/현실성/지성/유머 등)
아름 〉해든 〉민아

주황(독립적/냉정함/야심 등)
민아 〉해든 〉아름

초록(수용적/이해력/공감 등)
아름 〉민아 〉해든

"우리는 절대 알 수 없다."

너희랑 있었던 일을 이야기하니까 이런 식으로 정리해주더라고. 재밌어서 적어 왔어.

뭐야, 신빙성이 있는 거야?

맞는 것 같기도 하고…… 그냥 그런 거 같기도 하고……

그거야. 그 사람 말이, 어쨌거나 존재하는 걸 이해하려고 이래저래 애를 쓰는데, 우리는 절대로 알 수가 없대.

그럴 거면……

그럴 거면 왜 하냐고? 재밌잖아. 이런 걸로 마음이 움직이는 게. 이 색들, 내가 안 좋아하는 색이었거든. 따뜻한 색들. 빨강 주황 노랑 같은 거. 그런데 이렇게 적힌 걸 계속 보다보면…… 좋아질 것 같아. 쓰게 될 것 같아.

신기하다. 근데 우린 거의 차가운 색만 입잖아.

맞아.

민아는 올리브색 옷이 많았다. 해든은 청바지나 청재킷을 주로 입었다. 아름은 그 두 계열의 색을 모두 입었지만 전부 파스텔톤이었다. 연두색이나 하늘색 같은. 더 말을 붙이지 않았지만, 세 사람이 동시에 서로가 자주 입는 옷들을 떠올리고 있다는 걸 알 수 있었다. 그러느라 의도치 않게 고요가 길어졌다.

그때 쑥스러운 듯, 이때를 기다렸다는 듯, 그것이 아니면 뭔가 걱정이 있는 듯 알 수 없는 묘한 표정으로 아름이 말을 꺼냈다.

민아, 민아 사진 있잖아. 뒷모습 사진. 어떤 출판사에서 그걸 보고 책 표지로 사용하고 싶다는 연락이 왔어. 허락해도 괜찮을까?

민아는 그 말에 놀라 해든과 아름을 번갈아 봤다. 두 사람은 미리 알고 있었겠지. 그런 생각이 가장 먼저 드는 걸 눌렀다. 왜 이런 사소한 것에서 삐죽일까, 마음은. 그 마음을 누르고 나서 기쁨은 뒤늦게 찾아왔다. 그거 정말 멋진 일 아니야? 크게 외쳐주고 싶은 마음도 누르고 민아는 대답했다.

당연히 괜찮지.

겨우 그런 걸 가지고 그렇게 심각한 표정을, 이라는 투로 허락했지만, 다시 생각해도 겨우 그런 일이 아니라는 걸 숨길 수가 없었다. 민아는 해든의 팔을 흔들었다.

굉장한 일이네. 그렇잖아?

맞아.

해든도 무척 자랑스러워하는 목소리로 맞장구를 쳤다. 이렇게 덧붙이기도 했다.

나는 러브콜을 받을 줄 알았지.

일이 이렇게도 풀릴 수 있다는 게 놀랍지.

아름은 쑥스러운 듯 말했다. 해든과 민아는 서로 눈을 마주쳤다. 아름에게 바라는 게 아무래도 같은 것 같았다. 제발 그 냥 기뻐해!

그렇지. 놀랍지.

속마음을 말하지는 못하고 둘은 서로 닮은 표정으로 아름을 향해 고개를 끄덕였다. 으유 바보, 그렇게 생각하며 아름의 어깨를, 등을 두드려주기도 했다.

그런 건 어떻게 되는 거야?

민아가 더 궁금하다는 듯 물어서, 아름이 출판사로부터 들은 내용을 다시 설명해주었다.

최종 결정은 아니고 일단 디자이너가 내 사진을 앉혀서 표지 디자인을 해봐도 될지 허락을 구하는 거야. 몇 가지 사진을 골라서 좀 다른 방향으로 디자인을 해본 뒤에 진짜 표지로 쓸 때, 그 사용료를 내는 거지.

그게 내가 나온 사진인 거야?

응.

아름은 고민하다가 그렇다고 대답했다. 실은 출판사에서 표지 시안으로 만들어보고 싶다고 연락을 해온 사진은 두 개였다. 민아의 뒷모습이 담긴 사진과, 언젠가 아름이 실수로 깨뜨린 도자기 사진. 그것은 아름이 처음으로 작품을 찍은, 작품으로서 찍은 사물, 인간 아닌 것이었다. 깨진 접시. 얼기설기 겹처진 사금파리 대여섯 조각. 늦은 오후의 빛을 온몸으로 반사하는 듯, 주변 공기를 금빛으로 부드럽게 부풀린 듯한 민아의 뒷모습과 깨진 그릇의 파편을 쌓아올린 무채색의 사진. 그것은 아름이 처음부터, 그리고 줄곧 남기고 싶어하던 우정과 결함의 흔적이었다. 애정과 서툶의 증거.

서로가 선과 선으로 면과 면으로, 각자가 하나의 칸이 되어 기대거나 붙은 채로, 몇 년간 유지되어오던 큐브가 돌아가기 시작하는 것을 느꼈다. 처음 돌아간 것은 당연하게도 민아의 제안을 아름이 받아들이고 해든은 받아들이지 않았을 때였다. 그때도 지금도 여전히, 여섯 면이 제 색을 찾기 이진이었다. 그때는 몰랐지만. 우리는 여전히 재배치되고 옮겨갈 수 있는 칸에 서 있었던 것이다. 색은 섞여 있었고 무슨 색의 어느 칸이 어떤 방향으로 돌아가느냐에 따라 다른 색들의 위치와 배합도 달라졌다. 그것이 우리의 관계 같았다. 완전한 하나의 색으로 모아질지 섞인 채로 멈출지 이번에도 알 수 없었다.

우리 이렇게 생겨먹었어도 나름 잘 서 있는 거 같지?

아슬아슬한 사람들끼리 잘 봐주면서 지내는 거지. 여기 무던한 사람이 어디 있니?

해든이 갑작스레 던진 말에, 민아가 대답했다. 받은 전단지로 종이비행기를 접던 아름이 무심코 반문했다.

그래도 내가 제일 무던하지 않나?

무슨 소리야.

아니야?

……

아니구나.

민아와 아름은 고개를 들어 딴청을 피웠다. 프흐흐 웃음이
터질 무렵엔 한곳을 봤다. 다시 걸음을 내디디려고 할 때 해든
이 땅바닥을 가리키며 잠깐, 하고 말했다. 민아의 운동화 끈이
풀어져 있었다. 민아가 허리를 굽히기도 전에 해든이 먼저 몸
을 숙여, 운동화 끈을 단단히 묶어주었다. 야무지게 매어야 달
릴 때 안 넘어지지, 하면서. 민아는 쑥스러운 듯 고마워, 했다.
해든이 숙였던 몸을 일으켰을 때 저멀리 여름의 담벼락에는 주
황색 물감을 찍어놓은 듯 능소화가 선명했다. 능소화가 늘어진
담벼락 아래로 삼색 고양이 한 마리가 지나갔다. 아름이 고양
이다! 하고 외치자 해든과 민아가 동시에 고개를 돌렸는데, 이
장면은 마치 그린 것 같다고, 아름은 오랜만에 생각했다.

작가의 말

장편소설…… 어렵더라고요…… 콕 집어 하나가 무척 어렵다, 이런 느낌이라기보다 아 이게 어려운데 저것도 어렵고…… 어 여기도 어렵네? 끝까지 어렵네…… 같은 느낌에 가깝습니다. 처음이라 그럴까요? 장편소설을 써야 한다고 마음먹고 좀 안절부절못하던 시기에 저도 모르게 사진가들이 쓴 사진에 대한 이론서나 에세이를 많이 사서 읽게 되었어요. 소설 쓰는 게 어려울 때 다른 예술가들의 이야기를 읽는 게 좋았습니다. 사진에 대해서 아무것도 모르면서 신기하게도 사진예술가들이 쓰는 말들이 좋았어요. 이해하지는 못하지만 뭔가 좋다…… 같은 말을 그제야 좀 이해할 수 있을 것 같았습니다. 저는 언제나 이해가 되어야 좋아할 수 있다고 생각했는데요. 책을 읽으며 변형되는 저 자신이 좋습니다. 그런 책에서 멋진 사진을 보게 되면 종종 내 손에 카메라가 들려 있으면 뭘 찍었을까 상상하게 되었는데, 역시 상상으로 남기는 편이 좋더라고요. 저는 사진을 엄청 못 찍거든요. 소설은 직접 쓰는 것이 좋고 사진은 찍는 사람을 상상하는 게 좋아서 이런 소설을 쓴 것 같습니다.

소설 속에 등장하거나 등장하지 않는, 제가 이 소설을 쓰는 동안 특히 재밌게 읽은 책들은 다음과 같습니다. 읽은 시기는 두서가 없습니다. 앙리 카르티에 브레송 『영혼의 시선』, 루이지 기리 『루이지 기리의 사진 수업』, 제프 다이어 『인간과 사진』, 윌 스티어시 『찍지 못한 순간에 관하여』, 윤성희 『표지 없는 지도와 지워지는 사진들』, 마르쿠스 아우렐리우스 『명상록』, 옌스 안데르센 『우리가 이토록 작고 외롭지 않다면』, 모야 사너 『어른 이후의 어른』, 에두아르 르베 『자살』, 제시카 토드 하퍼 『Here』, 사울 레이터 『In my room』, 앤절라 힐 실비아 『Angela Hill』, 한영수 『Seoul, Modern Times』, 허경회 『권진규』, 이우환 『시간의 여울』 『여백의 예술』, 그 외 책 제목과 사진가를 기억하지 못하지만 사진 서점 이라선에서 들춰보았던 많은 사진집들. 그리고 제 첫번째 소설집 표지에 쓰인 사진 작가 하마다 히데아키의 사진들(저는 이 사진 작가의 이름을 그때 처음 알았습니다). 잘 떠올려보면 더 있을 것 같기도 한데, 떠오르지 않는 대로 놔두는 것도 좋겠어요.

사진에 대한 책을 읽으며 이런 책을 또 누가 읽을까? 생각하다가 인물들을 떠올리게 되었습니다. 마음이 불안하면 책에서 힌트를 얻는 인물을요. 그래서 『동경』은 아름의 이야기부터 시작되었습니다. 직업을 가지고 직업을 바꾸는 이야기. 그리고 그것이 언제나 친구라고 부를 만큼 가까운, 혹은 친구라고 부르기 좀 어렵지만 친구가 되고 싶은 사람들의 손에 의해 가능했던 사람. 새로운 직업에 진입할 때 그 세계는 이미 오래되어 나름의 방식으로 굴러가고 있고, 나만 뒤늦게 문을 빼꼼 열고 쭈뼛거리며 그곳에 들어간다는 느낌입니다. 항상 내가 제일 늦고, 모르는 게 많고, 선배가 당연하다는 듯이 "○○○ 알지?"라고 묻는 말에 모르는데 그냥 "예에……" 하고 아는 척하거나 "아…… 모르는데요……" 하고 대답할 때 부끄러워지던 마음, 따라잡으려고 이쪽저쪽 눈치를 보고 긴장을 멈추려 하지만 잘 되지 않던…… 그런 마음을 쓰고 싶어서 소설을 시작했는지도 모르겠습니다. 아닐지도 모릅니다. 익숙하던 세계에서 다른 세계로 건너가는 용기 있는 사람을 쓰고 싶었던 것 같기도 하고요. 그런데 쭈뼛거리는 사람과 용기 있는 사람이 서로 다른 사람이 아닐지도 모르겠다는 생각이 듭니다. 소설을 다 쓰고 나서 든 생각입니다.

그리고 혼자서는 떠날 용기가 더럭 나지 않는 아름을 이끌어주는 두 손, 민아와 해든의 이야기를 차례대로 쓰게 되었습니다. 그러자 세 사람이 만나 세 개의 마음이 어느 정도 근접한 거리에 머물게 되어 삼각형을 그리는 이야기를 쓰고 싶어졌습니다. 소설에도 썼듯이 삼각형의 모양은 계속해서 변하겠지만 마음의 주인들이 자기가 꼭짓점이라는 걸 인지하고 인정하는 상태까지 되는 것이 목표였는데요. 친구가 된다고 할 때, 언제나 셋은 퍽 어려운 것 같습니다. 한 사람이 나머지 둘을 생각할 때의 마음과 한 명 한 명을 각각 생각할 때의 마음이 다를 테니까요. 둘일 때와는 치원이 다르게 서로를 생각하는 마음의 경우의 수가 늘어나니까요. 그것을 하나하나 상상하고 있자면 머리가 아프고…… 하지만 가까워져버린 이상 생각을 멈출 수가 없고…… 그렇지만 결국 나는 그 두 사람을 모두 좋아해서 셋은 셋으로 남은 것이겠죠. 그리고, 나까지 포함해서 셋인 것이 무척 마음에 들어서 셋이고 싶어하는 것이라고 생각합니다. 셋이고자 하는 의지가 세 사람에게 동시에 있다는 것, 그것이 얼마나 놀라운 일인가 생각하며 소설을 썼습니다.

긴 시간을 두고 친구가 되는 이야기를 쓸 수 있었던 건 결국 제게 긴 시간을 두고 친구를 사귈 수 있다는 약간의 자신감 같은 게 생겨서가 아닐까 싶습니다. 지금은 아니지만, 친구까지는 아니지만, 시간이 더 흐르면 친구가 될 수 있을지도 모른다는 희망 같은 것. 그 시간 동안 서로 미워하고 얕잡아보고 서운하고 꼴 보기 싫은 순간들을 포함하겠지만 그럼에도 불구하고 더 시간이 흐르면, 얄밉지만 좋은 친구, 썩 마음에 들지 않지만 좋은 건 좋은 친구, 꼴 보기 싫을 때가 있지만 계속 친구임에는 변함없는 친구가 되는 것이라고 믿고 싶습니다. 예전에는 믿지 않았던 것 같은데요. 저는 그것을 최근에 생각하게 되었습니다. 생각이 바뀐다는 건 참 좋은 일입니다. 장편소설의 제목을 지으면서 동경하는 마음에 대해 오래 생각하게 되었습니다. 마음으로는 알고 있던 것 같은데 단어를 적고 보니 역시 그랬구나 싶어집니다. 좋아하는 친구들에게 나는 너희를 동경하는 마음이 있다, 그런 걸 말로 못해서 소설로 씁니다.

첫번째 장편소설을 내는 일은 쉽지 않고, 쉽지 않은 만큼 고마운 분들이 많습니다. 『동경』에 마음 써주신 모든 분들, 감사합니다. 추천의 글을 적어주신 정이현 작가님, 작가님은 제가 보고 싶어 찾아간 첫번째 작가님이에요. 저의 첫 장편소설에 너그러운 다독임을 덧붙여주셔서 감사합니다. 첫 소설집에 이어 첫번째 장편소설도 편집해준 영수씨, 영수씨가 해준 많은 말들이 좋았어요. 이 소설에 같이 머리를 맞대고 고민해주는 사람이 있다니…… 행운이에요. 고맙습니다. 그리고 소설을 읽는 시간이 즐거운 독자분들께, 저도 같은 마음이라는 인사를 보냅니다. 걱정과 슬픔을 털어놓는 데 서툰 사람들이 소설을 읽고 모이면, 가끔 꾹꾹 눌러두었던 걱정과 슬픔을 자기도 모르게 털어놓는 순간을 목격하곤 합니다. 단단히 봉해놓은 마음을 꺼내게 하는, 소설이 만들어주는 그런 순간이 좋습니다. 이 소설도 언젠가 그런 자리를 만들 수 있다면 좋겠습니다.

2024년 6월

김화진

문학동네 장편소설

동경
ⓒ김화진 2024

1판 1쇄 2024년 6월 20일
1판 5쇄 2024년 9월 16일

지은이 김화진
책임편집 김영수 | **편집** 김봉곤 강윤정
디자인 박현민 유현아 | **저작권** 박지영 형소진 최은진 오서영
마케팅 정민호 서지화 한민아 이민경 왕지경 정경주 김수인 김혜원 김하연 김예진
브랜딩 함유지 함근아 박민재 김희숙 이송이 박다솔 조다현 정승민 배진성
제작 강신은 김동욱 이순호 | **제작처** 천광인쇄사

펴낸곳 (주)문학동네 | **펴낸이** 김소영
출판등록 1993년 10월 22일 제2003-000045호
주소 10881 경기도 파주시 회동길 210
전자우편 editor@munhak.com | **대표전화** 031)955-8888 | **팩스** 031)955-8855
문의전화 031)955-2696(마케팅) 031)955-2679(편집)
문학동네카페 http://cafe.naver.com/mhdn
인스타그램 @munhakdongne | **트위터** @munhakdongne
북클럽문학동네 http://bookclubmunhak.com

ISBN 979-11-416-0078-5 03810

www.munhak.com